唐诗·宋词·元曲

第四册

史晓东　编译

卜算子

严蕊

不是爱风尘①，似被前缘误。花落花开自有时，总赖东君主②。
去也终须去，住也如何住。若得山花插满头，莫问奴归处。

【注释】

①风尘：指艺妓生涯。②东君：司春之神。主：做主。

【赏析】

并非是自愿堕入风尘，好似是前定因缘的耽误，花开花落自有其时，但终归还要依靠东君做主。脱离苦海只在早晚，但身处其中着实难挨，若得自由自在地满插山花在头，便毋庸追问奴家将身归何处。

六州歌头

张孝祥

长淮望断①，关塞莽然平②。征尘暗，霜风劲，悄边声③。黯销凝④。追想当年事⑤，殆天数⑥，非人力。洙泗上⑦，弦歌地，亦膻腥。隔水毡乡⑧，落日牛羊下，区脱纵横⑨。看名王宵猎⑩，骑火一川明。笳鼓悲鸣，遣人惊。

念腰间箭，匣中剑，空埃蠹⑪，竟何成！时易失，心徒壮，岁将零，渺神京⑫。干羽方怀远⑬，静烽燧，且休兵。冠盖使⑭，纷驰骛⑮，若为情⑯？闻道中原遗老，常南望，翠葆霓旌⑰。使行人到此，忠愤气填膺，有泪如倾。

【注释】

①长淮：其时宋金疆界东以淮水，西以大散关为界。②关塞莽然平：指建于淮水的关塞已然荒废，淹没在一片草木当中。③征尘三句：是说飞尘昏暗，寒风正紧，边地上一片寂静，暗指南宋王朝已然放弃了抵抗。④黯销凝：黯然伫立凝望。⑤当年事：指靖康之变金军陷中原，北掳徽、钦二帝之事。⑥殆：实在是。⑦洙泗：指洙、泗二水，孔子曾经在这里讲学。⑧隔水毡乡：意谓河的对岸已经成为金人毡包革帐之乡。⑨区（ōu）脱：泥堡土垒。⑩名王宵猎：指金国贵族夜晚射猎。⑪空埃蠹（dù）：意谓白白地落满尘埃，被虫蛀蚀。⑫渺神京：故都渺远，收复无期。⑬干羽方怀远：意谓用礼乐来教化安抚远地的人。实指南宋朝廷对敌媾和。干羽：两种舞具，盾和雉尾。怀远：安抚远地之人。⑭冠盖使：前往金国请和的使臣。⑮驰骛：奔走。⑯若为情：岂不难为情。⑰翠葆（bǎo）霓旌：皇帝的车驾，借指王师。

【赏析】

这首词作于宋孝宗隆兴元年（1163年），当时张浚率兵北伐，但因为投降派的刁难和前线军队内部的不和，北伐受到了很大的影响。投降派掌握了主动权，决定休兵议和。时在建康任上的词人激愤满怀，谱下了这曲气势恢宏的爱国词章。

『长淮』二字，点出两国的边界，寄意深沉。绍兴十一年（1141年），南宋『与金国和议成，立盟书，约以淮水中流画疆』（《宋史·高宗纪》）。淮河曾是宋朝境内一条重要的河流，如今却变成国之边境。远望千里淮河，南岸一线只有草丛苍莽的原野，没有任何防御屏障。征战的烟尘早已消失，秋风萧瑟，边境寂静无声，一片荒凉。『黯销凝』一句，写词人对国事的关切，形象生动，手法高超。『追想』三句，写南宋朝廷的怯懦无能，任人宰割，词人心中痛极，却还不能明说，只能把原因归结于『殆天数，非人力』。『隔水毡乡』到『遣人惊』，写金兵用猎火照亮了北方的田野，笳鼓悲鸣，隐隐可闻，而南宋这边呢？萧条、冷寂，没有一丝生气，两相对比，词人自然倍感忧虑，可是对于昏庸的南宋朝廷，他又能如何？这些都是词人的泣血之言，读来令人扼腕。

词人空有『腰间箭，匣中剑』，壮志凌云，却无奈英雄无用武之地，只能眼看祖国山河破碎，无力回天。词人写出了自己的愤怒，把批判的矛头直指偏安一隅的南宋朝廷，谴责朝廷昏庸无能，激愤满怀。这是一首感怀之作，激昂慷慨，如江河之下，气势雄壮，令人读之惊心动魄。

水调歌头·闻采石矶战胜

张孝祥

雪洗虏尘静①，风约楚云留。何人为写悲壮？吹角古城楼。湖海平生豪气，关塞如今风景，剪烛看吴钩②。剩喜然犀处③，骇浪与天浮。

忆当年，周与谢④，富春秋。小乔初嫁，香囊未解⑤，勋业故优游⑥。赤壁矶头落照，肥水桥边衰草⑦，渺渺唤人愁。我欲乘风去，击楫誓中流⑧。

【注释】

①虏尘：胡虏所扬起的战尘。②吴钩：古代吴地出产的一种弯刀，后泛指锋利的刀剑。③然犀处：东晋温峤率军平叛，经采石矶之时见水中多怪物，大军畏不能前，温峤遂命将犀牛角点燃，须臾见水族覆灭。然：同『燃』。④周与谢：东汉末年周瑜与东晋谢玄，赤壁之战与淝水之战的主要将领。⑤香囊未解：谢

玄少年时好佩香囊，此处指青春年少。⑥勋业故优游：意谓从容不迫地建立了功业。⑦肥水：即淝水。⑧击楫誓中流：《晋书·祖逖传》载，祖逖率兵北伐，渡江时曾击楫而誓曰：『祖逖不能清中原而复济者，有如大江。』

【赏析】

因为在楚地做官，没能参加『雪洗虏尘』的战役，词人于是要为将士们的悲壮事迹写下颂歌。

词人平生豪气纵横，今逢边事情形大变，不禁在灯下抚看宝刀，慨然遥想将士们江岸破敌的惊心动魄，继而联想当年周瑜、谢玄谈笑间建立不朽功勋的潇洒从容。贤相良将俱成过往，惹人伤感，但词人如今年富力强，他所以要仿效前人，乘风破浪，扫清中原，收复故国。

念奴娇·过洞庭

张孝祥

洞庭青草①，近中秋，更无一点风色。玉鉴琼田三万顷②，着我扁舟一叶。素月分辉，明河共影③，表里俱澄澈。悠然心会，妙处难与君说。

应念岭表经年④，孤光自照，肝胆皆冰雪。短发萧骚襟袖冷⑤，稳泛沧溟空阔⑥。尽挹西江，细斟北斗，万象为宾客⑦。扣舷独啸，不知今夕何夕。

【注释】

①青草：青草湖，与洞庭湖相通，二者亦合称洞庭湖。②玉鉴琼田：形容湖水清亮有如玉镜琼田一样。③明河：天河。④岭表：指五岭以外，今两广一带。⑤萧骚：萧疏。⑥沧溟（míng）：苍茫浩瀚。⑦

尽挹（yì）三句：意谓汲尽西江的水以为酒，把北斗星当作酒器慢慢斟酒来喝，邀请天上的星辰万象作为宾客。

【赏析】

这首词是月明之夜词人泛舟洞庭时所作，全词情景交融，充分体现了词人历经政治风波后仍能宠辱不惊的旷达心胸。

上片写景，意境清俊，非心胸旷达者不能写出。起首『洞庭』三句，总写洞庭之景，清疏淡远，不着一丝人间烟火，营造出一种清净、幽渺的氛围，为全词奠定了基调。随后两句，极言湖水之澄清、宽广。而浩浩洞庭三万顷，上面只有自己所乘的一叶扁舟，这是一种怎样的意境啊！这两句运笔巧妙，写洞庭之大，非但没有衬托出词人自身之渺小，反而有自己区区一人囊括整个洞庭的意味，堪称神来之笔。随后三句，写水天之明澈。结尾两句，总揽一笔，极言洞庭景色之美，不可言传。下片抒情，尽显词人慷慨胸怀。『肝胆皆冰雪』，写自己一身肝胆，这不仅是对词人一个人的描述，更是对古往今来所有英雄豪杰品性的概括。至『尽挹西江』三句，情感的抒发达到极致，词人豪情万丈，要以自己为主，万象为客，汲西江，斟北斗，一醉淋漓。最后两句，吟啸之处，浑然忘我，似空谷回音，袅袅不绝。

西江月

张孝祥

问讯湖边春色，重来又是三年。东风吹我过湖船，杨柳丝丝拂面。

世路如今已惯，此心到处悠然。寒光亭下水如天，飞起沙鸥一片。

【赏析】

作者再次来寻访三塔湖的春色，与前次来此已隔三年。东风习习，吹送他的小船驶过湖面；杨柳丝丝，轻轻拂过他的面颊。经历了世路的坎坷，饱览了世态的炎凉，作者如今已然淡看世事，一颗心四处悠然，随遇而安。他放开心怀悠然在寒光亭下碧广如天的湖面上，闲看汀洲上飞起沙鸥一片。

临江仙·暮春

赵长卿

过尽征鸿来尽燕，故园消息茫然。一春憔悴有谁怜。怀家寒食夜，中酒落花天①。

见说江头春浪渺，殷勤欲送归船。别来此处最萦牵。短篷南浦雨②，疏柳断桥烟。

【注释】

①中（zhòng）酒：醉酒。②短篷：指舟篷。

【赏析】

见春燕秋鸿而起归乡之思本是人之常情，而于其中打入家国之恨、身世之感，此情则益是凄怆。时值暮春之际，征鸿飞燕过尽而故园消息茫然，作者愁肠百结。孤独憔悴的他，在寒食之夜想家，在簌簌落花中醉酒。王国维《人间词话》中云：『以我观物，故物皆染我之色彩。』由此推演，以思归之心观物，故物皆有送归之意，因而作者见江头春浪而感其『殷勤欲送归船』。但归家之梦终难实现，家国零落，故园生活的美好只停留在记忆当中，那雨中泛舟南浦的惬意，断桥边稀疏柳枝上笼着的轻烟，便叫他怀思无限，魂系梦牵。

摸鱼儿

辛弃疾

更能消、几番风雨，匆匆春又归去。惜春长怕花开早，何况落红无数。春且住！见说道、天涯芳草迷归路。怨春不语，算只有殷勤，画檐蛛网，尽日惹飞絮。

长门事，准拟佳期又误，蛾眉曾有人妒。千金纵买相如赋，脉脉此情谁诉[1]？君莫舞！君不见、玉环飞燕皆尘土[2]。闲愁最苦。休去倚危阑，斜阳正在，烟柳断肠处。

【注释】

①长门事五句：司马相如《长门赋序》：『孝武皇帝陈皇后，时得幸，颇妒（有谗人嫉妒），别在长门宫，愁闷悲思。闻蜀郡成都司马相如天下工为文，奉黄金百斤，为相如、文君取酒，因于解悲愁之辞。而相如为文以悟主上，陈皇后复得亲幸。』此处是说，因为有人嫉妒，纵然千金买得司马相如一赋，心中真情也是无从诉说的。②君莫舞两句：意谓善妒之人也不要得意忘形，你不见即便是像杨玉环、赵飞燕那样得宠的妃子终不是都化为尘土了吗？此处是以玉环、飞燕都不得善终来警告那些嫉贤妒能之辈。

【赏析】

本篇为惜春抒怀之词。上片描写暮春衰残景色，惋惜春逝，隐含身世家国之痛。『更能消、几番风雨，匆匆春又归去。』写此时已到了暮春时节，经不起几回风雨，春天就会匆匆归去了。『惜春长怕花开早，何况落红无数』二句，写词人的惜春的心理。『春且住』三句，是词人对将要离开的『春』深情的倾诉。『算只有殷勤，画檐蛛网，尽日惹飞絮』，只剩下殷勤多情的雕梁画栋间的蛛网，为留住春光整天沾染飞絮。

下片借写美人失宠抒发词人闲寂不遇的愁郁和满腔爱国热忱无处倾诉的痛苦。词人借古代宫中几个女子的遭遇，比喻自己此时境遇，进一步抒发其『蛾眉见妒』的感慨。最后以写景结尾，余味不尽。全词托物起兴，借古伤今，熔身世之悲和家国之痛于一炉，沉郁顿挫。

水龙吟·登建康赏心亭

辛弃疾

楚天千里清秋，水随天去秋无际。遥岑远目①，献愁供恨，玉簪螺髻②。落日楼头，断鸿声里，江南游子。把吴钩看了③，阑干拍遍，无人会、登临意。

休说鲈鱼堪脍④，尽西风、季鹰归未⑤？求田问舍，怕应羞见，刘郎才气⑥。可惜流年，忧愁风雨，树犹如此⑦！倩何人，唤取红巾翠袖⑧，揾英雄泪⑨。

【注释】

①遥岑：远山。此指沦陷地区的群山。②玉簪螺髻：形容远山如玉簪，如盘起的发髻。③吴钩：古代吴地出产的一种弯刀，后泛指锋利的刀剑。④脍：将鱼肉切成细丝。⑤季鹰：张翰，字季鹰。《晋书·张翰传》载，『翰因见秋风起，乃思吴中菰菜、莼羹、鲈鱼脍，曰：「人生贵得适志，何能羁宦数千里以要名爵乎？」遂命驾而归』。⑥求田问舍三句：以三国时刘备责许汜只知购置房产而全然不管国计民生之事来责备那些只为一己私利的人。⑦树犹如此：东晋桓温北征，见昔日所种柳树已粗十围，叹曰：『树犹如此，人何以堪。』⑧红巾翠袖：借指歌女。⑨揾（wèn）：擦拭。

【赏析】

词文上阕写登高远望之所见：天无际，水随天，远山层层叠叠，如『玉簪螺髻』。江山虽美，但在作者眼里竟为『献愁供恨』之物，因为他空握长剑而不能杀敌，满怀抱负却无处施展。下阕评古论今，表示自己不愿效仿张翰退隐，也不愿学许汜求田问舍，而是想报效国家，有所作为。继而又叹流年似水，光阴虚度。情到伤心，他不禁潸然洒泪。英雄末路之悲，让人嘘嗟不已。

菩萨蛮·书江西造口壁

辛弃疾

郁孤台下清江水①，中间多少行人泪。西北望长安②，可怜无数山。青山遮不住，毕竟东流去。江晚正愁予，山深闻鹧鸪③。

【注释】

①郁孤台：在今江西赣州市西北，唐宋时为游览胜地。②长安：指代北宋京师汴梁。③鹧鸪：其鸣声似『行不得也哥哥』。

【赏析】

郁孤台下的清江水，其中汇聚了多少流离逃亡之人的眼泪，举头向西北方向眺望长安，无数青山将视线遮拦。青山能遮断行人的望眼，却遮断不了江水的奔流，亦如胡虏虽猖、奸佞虽多，却挡不住仁人志士的抗敌报国的热血豪情。

江天渐晚，词人愁情又浓，岁月在屡受排挤、报国无门的苦闷中空流。这个时候，深山中又传来鹧鸪的叫声：『行不得也哥哥，行不得也哥哥。』

青玉案·元夕

辛弃疾

东风夜放花千树，更吹落、星如雨。宝马雕车香满路。凤箫声动，玉壶光转①，一夜鱼龙舞。

蛾儿雪柳黄金缕②，笑语盈盈暗香去。众里寻他千百度；蓦然回首，那人却在，灯火阑珊处③。

【注释】

①玉壶：喻月亮。②蛾儿、雪柳、黄金缕：此三样皆为元夕时妇女们佩戴的饰物。③阑珊：零落。

【赏析】

本篇为元宵节记景之作。上片以生花妙笔描绘渲染元宵佳节火树银花、灯月交辉的欢腾热闹的风光。『东风夜放花千树』写元宵夜的灯光，以花喻灯，表明灯的灿烂多姿。『更吹落、星如雨』写焰火，烟花一明一灭，参差起落，洒落如星。『宝马雕车』写车马华美，『香满路』表明游人之多。『凤箫声动，玉壶光转，一夜鱼龙舞』，写的是彻夜欢腾的热闹场面。下片着意描写主人公在游人中千百回寻觅一位立于灯火零落处的自甘寂寞的孤高女子，表现了词人追求的境界之高，寓有深意。『蛾儿雪柳黄金缕，笑语盈盈暗香去』承接上片，继续描写元夜的盛况，但已转移到盛装出游的游女们身上。可在这些丽人中间却没有词人的意中人，『众里寻他千百度』极言寻觅之苦，失望之情跃然纸上。在这几近绝望的一刻，『蓦然回首』，忽然发现『那人却在，灯火阑珊处。』辛弃疾的词素以豪放著称于世，其实他的婉约词亦是，曼妙无比，这首词即是最好的证明。

清平乐·村居

辛弃疾

茅檐低小，溪上青青草。醉里吴音相媚好[1]，白发谁家翁媪[2]？

大儿锄豆溪东，中儿正织鸡笼。最喜小儿无赖[3]，溪头卧剥莲蓬。

【注释】

①吴音：吴地方言。②翁媪（ǎo）：老公公、老婆婆。③无赖：淘气调皮。

【赏析】

檐儿低低茅屋小，溪水两岸长满青青草。作者醉中听到亲切悦耳的吴音对话，那是一对白发皤然的农家老年夫妇在茅屋前闲话家常。继而关注到他们的三个儿郎，竟是一律的忙碌：老大在溪东豆地锄草，老二在编织鸡笼，最年幼的小儿子也不甘清闲，淘气地趴在溪边剥着莲蓬。

水龙吟·过南剑双溪楼

辛弃疾

举头西北浮云，倚天万里须长剑。人言此地，夜深常见，斗牛光焰[1]。我觉山高，潭空水冷，月明星淡。待燃犀下看[2]，凭栏却怕，风雷怒，鱼龙惨。

峡束苍江对起，过危楼、欲飞还敛。元龙老矣[3]，不妨高卧，冰壶凉簟。千古兴亡，百年悲笑，一时登览。问何人又卸，片帆沙岸，系斜阳缆？

【注释】

①斗牛光焰：王嘉《拾遗记》载，晋朝的张华夜见有紫气冲于牛斗之间，遂命雷焕为丰城令，掘地得

宝剑一双。②燃犀：东晋温峤率军平叛，经采石矶之时见水中多怪物，大军畏不能前，温峤遂命将犀牛角点燃，须臾见水族覆灭。③元龙：三国陈登，字元龙。人称其『湖海之士，豪气不除』。

【赏析】

登上高楼，远眺西北方遮蔽着中原的浮云，作者想要用倚天万里的长剑扫荡敌虏。剑溪传说，让他幻想取出溪下神剑；但山高潭冷，月明星淡，又使他犹豫踟蹰。或可点燃犀角下看，但又惧燃犀之光无奈何风雷震怒，鱼龙惨毒。

眼前沧江受到两峡约束，作者的思绪欲飞还敛，正如他一边慨叹『千古兴亡』，心系国家前途，一边慨叹『元龙老矣』，思退田园。这彷徨忧虑间，有片帆驶来沙岸，舟人在斜阳脉脉中系好船缆……

西江月·夜行黄沙道中

辛弃疾

明月别枝惊鹊，清风半夜鸣蝉。稻花香里说丰年，听取蛙声一片。

七八个星天外，两三点雨山前。旧时茅店社林边①，路转溪桥忽见。

【注释】

①社：土地庙。

【赏析】

宋孝宗淳熙八年（1181年），辛弃疾因遭奸臣排挤免官，闲居于江西上饶，并在此生活了近十五年。这一时期，他虽曾短暂出仕，但以在上饶居住为多，留下了不少词作。这首词即是辛弃疾罢官闲居上饶时的词作，着意描写了黄沙岭的夜景。

词的上片写夏夜风光，月白风清，鹊惊蝉鸣，稻花飘香，蛙声一片，丰收在望，给夜行人带来无限的喜悦。下片写疏星稀雨，溪头茅店，情趣盎然。全词语言明白如话，基调轻快活泼，词人运用近乎白描的手法描摹了一幅明丽清新、生机盎然的夏夜乡村图，表达了对丰收的喜悦之情和对乡村生活的热爱。

贺新郎·别茂嘉十二弟

辛弃疾

绿树听鹈鴂，更那堪、鹧鸪声住，杜鹃声切？啼到春归无寻处，苦恨芳菲都歇，算未抵、人间离别。马上琵琶关塞黑，更长门翠辇辞金阙。看燕燕[①]，送归妾。

将军百战声名裂[②]。向河梁[③]、回头万里，故人长绝。易水萧萧西风冷，满座衣冠似雪，正壮士、悲歌未彻[④]。啼鸟还知如许恨[⑤]，料不啼清泪长啼血。谁共我，醉明月？

【注释】

①燕燕：《诗经》篇名，卫庄姜送归妾之作。②将军百战声名裂：指汉将李陵与匈奴激战，因寡不敌众而降一事。③河梁：苏武羁滞匈奴数十载，终得回汉，李陵于河梁之上为其饯行。④易水三句：写荆轲出使秦国，太子丹及宾客皆穿孝服送他，荆轲慷慨悲歌而去的场面。⑤如许恨：如此多的离恨。

【赏析】

词写离愁别恨。开篇以三种啼声凄切的鸟儿齐鸣作引，言三鸟齐鸣伤春仍不能与人间别离相比，继而谈起历史上有名的伤别情景——昭君出塞；陈皇后辞别金阙，幽居别宫；春秋时卫国庄姜送戴妫；李陵战败降敌后与故乡亲人诀别；荆轲刺秦王临行时人们的孝服相送，英雄的慷慨悲歌。作者所处的时代正是一个将这许多悲别聚集在一起的时代。那被掳往北国的徽、钦二帝和数千嫔妃宫娥，那些沦为异国臣民的广大官吏百姓，那些弃家别友、与敌人拼杀于疆场之上的仁人义士，他们哪一个不是饱尝着离别的痛苦，哪一个不是忧恨满怀？作者说，要是啼鸟明白这些苦恨，它们就会『不啼清泪长啼血』。词尾设想弟走后独愁无侣的境况，点明『别弟』题面。

丑奴儿·书博山道中壁

辛弃疾

少年不识愁滋味，爱上层楼。爱上层楼。为赋新词强说愁。
而今识尽愁滋味，欲说还休。欲说还休。却道天凉好个秋。

【赏析】

历尽沧桑，饱尝愁滋味之后，回想起少年时代爱上高楼，为了赋一首新词强要说愁的单纯幼稚，作者不禁哑然失笑。少年时是故作愁态，怕人不知自己有愁，而今愁满胸中，却不知从何说起。在数次的『欲说还休』之后，吐出『天凉好个秋』的不相干的话聊以应景；作者是无可奈何，只好回避不谈。

太常引·建康中秋为吕叔潜赋

辛弃疾

一轮秋影转金波，飞镜又重磨①。把酒问姮娥②：被白发、欺人奈何？
乘风好去，长空万里，直下看山河。斫去桂婆娑③，人道是、清光更多。

【注释】

①飞镜：喻月亮。②姮（héng）娥：嫦娥。③婆娑：枝叶纷披的样子。

【赏析】

又到中秋，面对一轮皓月当空，作者感慨良多。南归已久，昔日的青丝都已变成白发，然而收复中原的希望却日渐渺茫，愁苦无奈之际，作者不禁举酒问月如何承受之。他希望自己有天能于万里长空中乘风而行，俯瞰大好河山，并且直上月宫，砍去婆娑桂荫，让人间能得到更多清光。桂影之遮月，可以奸佞之遮蔽贤良，胡虏之妨害承平世界比之，作者的用意，自不待言。

破阵子·为陈同甫赋壮语以寄

辛弃疾

醉里挑灯看剑，梦回吹角连营。八百里分麾下炙①，五十弦翻塞外声②。沙场秋点兵。

马作的卢飞快③，弓如霹雳弦惊。了却君王天下事，赢得生前身后名。可怜白发生！

【注释】

①八百里分麾（huī）下炙：意谓方圆八百里的军营中士兵们在战旗下分吃着烤牛肉。②五十弦翻塞外声：意谓各种乐器合奏出雄壮的军歌。③的卢：骏马名。

【赏析】

词由灯下醉看长剑写入梦境，极力烘绘抗金部队雄壮的军容，生动地刻画了将士们矫健威武、横戈跃马的身姿，直抒作者『了却君王天下事，赢得生前身后名』的心愿，豪情恣肆，气壮山河，交织着他忠君爱国的思想和强烈的个人功名观念。然而通篇的壮词竟以『可怜白发生』之悲语收尾，又反映出作者壮志难酬的悲愤心情。

西江月·遣兴

辛弃疾

醉里且贪欢笑，要愁那得工夫。近来始觉古人书，信著全无是处。

昨夜松边醉倒，问松：『我醉何如？』只疑松动要来扶，以手推松曰：『去！』

【赏析】

此词题目为《遣兴》，看似抒发闲居生活的自在悠闲之情，但字里行间透露着作者对现实的不满和他倔强的生活态度。词中『近来始觉古人书，信著全无是处』两句，衍自孟子『尽信书，则不如无书』，实乃激愤之语，缘于作者对黑白颠倒、泾渭不分之世道的感慨。下阕中对于松人互动情节的描写，尽显作者倔强自立之性情。

永遇乐·京口北固亭怀古

辛弃疾

千古江山，英雄无觅，孙仲谋处。舞榭歌台，风流总被、雨打风吹去①。斜阳草树，寻常巷陌，人道寄奴曾住②。想当年、金戈铁马，气吞万里如虎③。

元嘉草草，封狼居胥，赢得仓皇北顾④。四十三年，望中犹记，烽火扬州路⑤。可堪回首，佛狸祠下⑥，一片神鸦社鼓⑦。凭谁问，廉颇老矣，尚能饭否？

【注释】

①风流句：意谓孙仲谋英雄事业的风流余韵已在历史的风吹雨打中远去。②寄奴：南朝宋武帝刘裕小字寄奴。③想当年两句：刘裕曾率军北伐，先后灭掉南燕和后秦，光复洛阳、长安等地。④元嘉三句：是说宋文帝不能继承父亲刘裕的功业，草率派兵北伐，想要像当年汉将霍去病战胜匈奴，封狼居胥山一样荡平北方，到头来只落得仓皇北望，后悔贸然北伐带来的惨败。⑤四十三年三句：辛弃疾于四十三年前南归，其时扬州地区正烽火弥漫。⑥佛狸祠：北魏太武帝拓跋焘击败南朝宋军后于长江北岸的瓜步山上所建行宫，当地百姓年年在祠下举行迎神赛会。⑦神鸦：庙里吃祭品的乌鸦。社鼓：祭祀的鼓声。

【赏析】

上阕追忆孙权、刘裕二人事迹，表达出作者对既能守成抗敌、又能进取破虏的君王的期盼。下阕引宋文帝仓促北伐而招致全败之事，提醒掌权者不可贪功冒进；通过写历史上佛狸祠的迎神赛会，表示了对江北各地沦陷已久，人民将安于异族统治的隐忧。最后得结论于欲图恢复大计，当重用老成练达之臣。

南乡子·登京口北固亭有怀

辛弃疾

何处望神州？满眼风光北固楼。千古兴亡多少事，悠悠。不尽长江滚滚流。

年少万兜鍪[①]，坐断东南战未休[②]。天下英雄谁敌手？曹刘。生子当如孙仲谋。

【注释】

①兜鍪（móu）：古代打仗时戴的头盔。此处指代将士。②坐断：占据。

【赏析】

何处可以望到中原？站在北固楼上眺望，满眼是美好的风光，但是中原还是看不见。千古兴亡，往事悠悠，都随不尽的长江水，滚滚东流。当年轻的孙权成为三军统帅，他能够独霸东南，坚持抗战。天下的英雄有谁堪称是他的敌手，只有曹操和刘备而已，所以也就难怪曹操说：『生子当如孙仲谋。』

卜算子

石孝友

见也如何暮①，别也如何遽②。别也应难见也难，后会难凭据。

去也如何去，住也如何住。住也应难去也难，此际难分付。

【注释】

①暮：晚。②遽：仓促。

【赏析】

上阕既恨相见之晚，又恨相别之匆促，更恨后会之无凭。下阕写离别时心情：留既不能，去又不忍，使人不知如何是好。

水调歌头·送章德茂大卿使虏

陈亮

不见南师久①，漫说北群空②。当场只手，毕竟还我万夫雄。自笑堂堂汉使，得似洋洋河水，依旧只流东。且复穹庐拜③，会向藁街逢④。

尧之都，舜之壤，禹之封。于中应有，一个半个耻臣戎⑤。万里腥膻如许⑥，千古英灵安在？磅礴几时通？胡运何须问，赫日自当中。

【注释】

①南师：指南宋的军队。②谩说：妄说。北群空：唐韩愈《送温处事赴河阳军序》载，『伯乐一过冀北之野，而马群遂空。夫冀北马多天下，伯乐遂善知马，安能空其群耶？解之曰：吾所谓空，非无马也，无良马也』。此处是喻没有人才了。③穹庐：毡帐。④藁（gǎo）街：京都外国使臣居住的地方。⑤耻臣戎：意谓耻于臣服金人。戎：中国古代对西方或北方少数民族的称谓。⑥膻（shān）：羊臊气。

【赏析】

词以『久不见南宋之师，就妄言我们已无人可用』的嘲讽语开篇，对金人的嚣张气焰给以当头棒喝。继而赞章德茂有独当一面的才能，寄希望于他能通过应变周旋维护国家尊严；同时慨叹堂堂汉使竟要如河水东流般前往金国朝贡，但坚信这种局面只是暂时的，形势终究会逆转。下阕大声呼唤华夏民族不屈不挠、英勇无畏的精神，慷慨放言胡运已颓、大宋国势正如日中天，气势磅礴，雄浑无比，读罢使人有拍案奋起、誓平胡虏之冲动。

唐多令

刘过

安远楼小集，侑觞歌板之姬，黄其姓者，乞词于龙洲道人，为赋此。同刘阜之、刘去非、石民瞻、周嘉仲、陈孟参、孟容，时八月五日也。

芦叶满汀洲，寒沙带浅流。二十年、重过南楼[a]。柳下系舟犹未稳，能几日、又中秋？
黄鹤断矶头[②]，故人今在否？旧江山、浑是新愁。欲买桂花同载酒，终不似、少年游。

【注释】

①南楼：在武昌黄鹤山上，唐宋时为文人骚客游赏胜地。②黄鹤断矶头：黄鹤山西北有黄鹤矶，临长江，故云。

【赏析】

二十年光阴荏苒，作者故地重游，不禁感慨系之。时近中秋，放眼四望，但见芦叶落满汀洲，澄浅的河水从清冷的沙滩旁流走，行迹匆匆的作者系舟未稳便来到曾与朋友共度佳节的黄鹤矶头，深情问起：『故人今在否？』漂泊多年，交游自多零落，唯眼前江山依旧，当此情状，作者平添新愁。何以遣愁？可邀二三知己，重新买花载酒，但作者知道，即便如此，也终于不能像少年时候一样满怀豪情地潇洒畅游了。

全词语言通俗清新，寄寓着作者含蓄而深沉的心理感受，在当时就深受人们欢迎。

点绛唇·丁未冬，过吴松作

姜夔

燕雁无心，太湖西畔随云去。数峰清苦[①]，商略黄昏雨[②]。
第四桥边[③]，拟共天随住[④]。今何许？凭阑怀古。残柳参差舞。

【注释】

①清苦：形容山峰清寂荒凉。②商略：酝酿。③第四桥：指吴江城外甘泉桥。④天随：晚唐诗人陆龟蒙，号天随子。

【赏析】

本篇为过吴松抒怀之作。南宋宋孝宗淳熙十四年（1187年）冬天，姜夔往返于湖州与苏州两地，路过吴松（今江苏吴江市）时，写下了本词。

上片以景寓情，燕雁随云，数峰清苦，都是词人漂泊清苦生涯的写照。词人拟人写山，实则以数峰之清苦衬托出自己的万千愁苦。下片追思唐诗人陆龟蒙，发怀古幽情，抒写知音难觅的惆怅寂寞。『第四桥边，拟共天随住』两句意思是：我真想在第四桥边，跟随天随子一起隐居。第四桥指的是吴江城外的甘泉桥，陆龟蒙曾隐居在此，故词人打算追随他定居在甘泉桥边。全词化实为虚，意在象外。

踏莎行

姜夔

自沔东来。丁未元日，至金陵江上，感梦而作。

燕燕轻盈，莺莺娇软。分明又向华胥见①。夜长争得薄情知②？春初早被相思染。

别后书辞，别时针线。离魂暗逐郎行远。淮南皓月冷千山，冥冥归去无人管。

【注释】

①华胥：指梦境。《列子·黄帝》载，『黄帝书寝而梦，游于华胥氏之国』。②争得：怎得。薄情：

薄情之人。

【赏析】

词为梦中怀人之作。夜梦所见，伊人如莺燕般轻盈娇软，向他倾诉着别离后的幽怨与思念。她在埋怨薄情郎怎能想象她因为惦念而忍受长夜无眠之苦，告诉他春未至而相思之情已浓。梦醒后，作者翻出了别后她写来的书信，摩挲着别时她为自己缝制的衣衫；他因为伊人之精魂不远千里而来与自己梦中相会的痴情而感动，也为她于欢会之后孤身而返的伶仃无依而心疼。

鹧鸪天·自沔东来丁未元日至金陵江上感梦而作

姜夔

己酉之秋，苕溪记所见。

京洛风流绝代人，因何风絮落溪津。笼鞋浅出鸦头袜①，知是凌波缥缈身。

红乍笑，绿长颦②，与谁同度可怜春？鸳鸯独宿何曾惯，化作西楼一缕云。

【注释】

①鸦头袜：古代女子穿的分出足趾的袜子。②颦：皱眉。

【赏析】

这首词是作者路过苕溪时因有感于所见而写下的。他看到了一位芳华绝代的歌妓，从相貌气质上看，她应该来自京师，但因何而流落到此荒僻渡头却不得而知。

作者注意到她精巧的足部，轻盈的步态和姣好的容颜，也注意到她时时蹙起的黛眉和鲜露笑意的樱桃口。

他继而想到，这样的女子要是在京师少不得总有情人相伴；他着实地为她眼下的零落孤独而感到心中不忍。他推测，女子定有着一段曲折的经历，至今依然生活在对往昔朝朝暮暮的回忆中，心思亦常常迷失在寄寓着她青春与情感的『西楼』侧畔。

念奴娇

姜夔

余客武陵，湖北宪治在焉。古城野水，乔木参天。余与二三友，日荡舟其间，薄荷花而饮，意象幽闲，不类人境。秋水且涸，荷叶出地寻丈，因列坐其下，上不见日，清风徐来，绿云自动。间于疏处，窥见游人画船，亦一乐也。揭来吴兴，数得相羊荷花中，又夜泛西湖，光景奇绝，故以此句写之。

闹红一舸①，记来时、尝与鸳鸯为侣。三十六陂人未到②，水佩风裳无数。翠叶吹凉，玉容销酒③，更洒菰蒲雨④。嫣然摇动，冷香飞上诗句。

日暮，青盖亭亭⑤，情人不见，争忍凌波去？只恐舞衣寒易落，愁入西风南浦。高柳垂阴，老鱼吹浪，留我花间住。田田多少⑥，几回沙际归路。

【注释】

①闹红：指在荷花间游赏嬉戏。舸（gě）：船。②三十六陂：极言水塘之多。③玉容销酒：形容荷色艳丽，如同美人饮酒后红晕上脸。④菰蒲：指杂乱的水生植物。⑤青盖：指荷叶。⑥田田：形容荷叶相连的样子。

【赏析】

本篇为咏荷之词。上片写泛舟荷塘景色，以比喻和拟人手法描绘荷花、荷叶美艳绝伦。起篇即勾勒出一幅美好的画面：在那红火繁茂的荷花丛中荡舟，记得一路的鸳鸯成双成对伴着船儿戏水。放眼望三十六处的荷塘幽静无人，只见水佩风裳如无数美女。『嫣然摇动，冷香飞上诗句』点出写本词的原因，荷花嫣然含笑，轻轻摇动，散发着阵阵幽香，惹得我诗兴大发，写出了优美的诗句。下片写词人傍晚观赏荷花流连难舍，抒写对荷花深深爱惜之情，也暗寓自伤身世之意。前四句词人以凌波仙子比喻亭亭玉立的荷花，表达了对荷花的怜惜之情。后几句借景抒情，表达了对莲花深深的眷恋。全词咏物形神兼备，风格高雅清丽。

齐天乐·蟋蟀

姜夔

丙辰岁，与张功甫会饮张达可之堂，闻屋壁间蟋蟀有声。功甫约余同赋，以授歌者。功甫先成，辞甚美。予徘徊茉莉花间，仰见秋月，顿起幽思，寻亦得此。蟋蟀，中都呼为促织，善斗。好事者或以三二十万钱致一枚，镂象齿为楼观以贮之。

庾郎先自吟愁赋①，凄凄更闻私语②。露湿铜铺③，苔侵石井，都是曾听伊处。哀音似诉，正思妇无眠，起寻机杼。曲曲屏山，夜凉独自甚情绪？

西窗又吹暗雨。为谁频断续，相和砧杵④。候馆迎秋，离宫吊月，别有伤心无数。豳诗漫与⑤，笑篱落呼灯，世间儿女。写入琴丝⑥，一声声更苦。

【注释】①庾郎：庾信，南北朝时著名诗人，身为南人而因国家陷落羁留北国，诗多以哀愁凄怆为主。②私语：指蟋蟀鸣声。③铜铺：旧时门上兽面铜环的底座。④砧杵：捣衣石和棒，此指夜晚捣衣之声。⑤豳（bīn）诗：《诗经·豳风·七月》有，「七月在野，八月在宇，九月在户，十月蟋蟀入我床下」。⑥写入：作者自注：「宣政间，有士大夫制《蟋蟀吟》。」

【赏析】

秋蛩之鸣，本已凄切，在愁绪满怀的羁客听来，就会更感到凄怆难耐。但从冷露浸湿的铜铺后，长满苔藓的井台下，总是传来秋蛩的鸣声。鸣声传入无眠思妇耳中，则会使她起身织布排解离愁；幽幽画屏，夜风暗雨，捣衣之声，混合着断续蛩鸣，叩打着她的心扉。抑或侯馆征夫，抑或离宫中的亡国君主，人间无数的伤心人听到蛩鸣，便会别有一番滋味生心头。作者正自感怀，耳边却传来天真烂漫的孩子提灯捉蟋蟀的欢声笑语……末二句归到秋蛩悲吟，照应序中「以授歌者」。

扬州慢

姜夔

淳熙丙申至日，余过维扬，夜雪初霁，荠麦弥望。入其城，则四顾萧条，寒水自碧。暮色渐起，戍角悲吟，余怀怆然，感慨今昔。因自度此曲，千岩老人以为有黍离之悲也。

淮左名都①，竹西佳处②，解鞍少驻初程。过春风十里③，尽荠麦青青④。自胡马窥江去后，废池乔木⑤，犹厌言兵。渐黄昏，清角吹寒，都在空城。

杜郎俊赏⑥，算而今、重到须惊。纵豆蔻词工⑦，青楼梦好⑧，难赋深情。二十四桥仍在⑨，波心荡，冷月无声。念桥边红药⑩，年年知为谁生。

【注释】

①淮左：扬州在宋代属淮南东路。古时以左指东，故云。②竹西佳处：竹西亭，扬州名胜。③春风十里：指代扬州街市，杜牧《赠别》中有，『春风十里扬州路，卷上珠帘总不如』。④荠（jì）：荠菜。⑤废池乔木：荒废的池苑和高大的树木。⑥杜郎：唐代诗人杜牧。俊赏：卓越的鉴赏力。⑦豆蔻：杜牧《赠别》诗中云：『娉娉袅袅十三余，豆蔻梢头二月初。』⑧青楼：杜牧《遣怀》中有，『十年一觉扬州梦，赢得青楼薄幸名』。⑨二十四桥：杜牧《寄扬州韩绰判官》中有『二十四桥明月夜，玉人何处教吹箫』。⑩红药：红芍药。

【赏析】

本篇为战乱后过扬州抒怀之作。

上片写战乱后扬州荒芜破败景色，以景寓情，抒写不堪回首的黍离之悲。扬州，位于淮河东部，是历史上令人神往的繁华『名都』，因此词人解鞍下马在此稍作停留。但此时的『春风十里扬州路』满目疮痍，只剩下荠菜野麦一片葱青。『胡马』蹂躏破坏的痕迹处处可见，满城都是『废池乔木』，此情此景让人『犹厌言兵』。『渐黄昏，清角吹寒，都在空城』，以景抒情，渲染了萧条的秋日气氛，渐近黄昏，凄清号角吹送寒意，弥漫了这座荒凉空城。荒凉的景象烘托出词人内心的忧愁和悲哀。

下片设想杜牧重来面对扬州荒城也会魂惊难赋深情，突出表现昔胜今衰的感伤。『二十四桥』以下结尾四句，以景抒慨，抒写词人哀时伤乱的悲怆凄楚。

全词景情交融，虚实并用，使得全词波澜起伏，余味不尽。此外，词作还善于化用前人词句入词，将杜牧的诗境，融入自己的词境，可谓匠心独特，别具一格，是众多悯时伤乱的宋词作品中的上乘之作。

长亭怨慢

姜夔

余颇喜自制曲，初率意为长短句，然后协以律，故前后阕多不同。桓大司马云：『昔年种柳，依依汉南；今看摇落，凄怆江潭。树犹如此，人何以堪。』此语余深爱之。

渐吹尽、枝头香絮，是处人家，绿深门户。远浦萦回①，暮帆零乱，向何许？阅人多矣，谁得似、长亭树。树若有情时，不会得、青青如此。

日暮，望高城不见，只见乱山无数。韦郎去也，怎忘得、玉环分付②。第一是、早早归来，怕红萼③，无人为主。算空有并刀④，难剪离愁千缕。

【注释】

①远浦：远处的江水。②韦郎两句：《云溪友义》载，唐代韦皋与侍女玉箫相恋，别时相约七年后再会，临别时赠玉指环为信物。至第八年，韦不至，玉箫绝食而死。③红萼：红花，此为女子自比。④并刀：并州所产的剪刀。

【赏析】

作者由柳色依依可怜而起兴，柳下人家，江上远帆，勾起他的客怀离愁。愁绪又转为对杨柳的怨问：谁能如你一般饱看了人间别离？你若有情，便不会无动于衷的青翠如此！

黄昏时分，暮色苍茫，望不到恋人所在的城郭，唯见乱山无数。作者自念：我虽然离你而去，但又怎会忘记你的吩咐？要我一定早早归来，不让你无依无靠。千丝万缕的柳条，好像都化作了作者心上的离愁，他觉得，就算是拿着世上最快的剪刀，也是剪不完剪不尽的了。

暗香

姜夔

辛亥之冬，余载雪诣石湖。止既月，授简索句，且征新声。作此两曲。石湖把玩不已，使二妓肄习之。音节谐婉。乃名之曰《暗香》《疏影》。

旧时月色，算几番照我，梅边吹笛。唤起玉人，不管清寒与攀摘。何逊而今渐老①，都忘却、春风词笔。但怪得、竹外疏花，香冷入瑶席。

江国，正寂寂。叹寄与路遥，夜雪初积。翠尊易泣②，红萼无言耿相忆③。长记曾携手处，千树压、西湖寒碧。又片片、吹尽也，几时见得？

【注释】

①何逊：南朝诗人，在扬州有《咏早梅》诗。此处为作者自喻。②翠尊：碧绿酒杯。③红萼：指红梅。耿相忆：心中挂怀，不能消解。

【赏析】

词以回忆昔日与情人月下梅边吹笛、折花的风流韵事起首，而后感叹如今老来落寞情怀，又怪梅香入席，空惹惆怅。词人欲折梅寄远以慰相思，但无奈路遥夜雪。感伤之下，更觉杯中绿酒，室外红梅也似在深情怀念伊人，思绪又回到与她携手西湖岸、踏雪观梅的快乐时光。曲终遥想梅花渐落，复叹重聚难期。

疏影

姜夔

苔枝缀玉，有翠禽小小，枝上同宿。客里相逢，篱角黄昏，无言自倚修竹①。昭君不惯胡沙远，但暗忆、江南江北。想佩环、月夜归来②，化作此花幽独。

犹记深宫旧事，那人正睡里，飞近蛾绿③。莫似春风，不管盈盈，早与安排金屋。还教一片随波去，又却怨、玉龙哀曲④。等恁时，重觅幽香，已入小窗横幅。

【注释】

①无言自倚修竹：用杜甫《佳人》『天寒翠袖薄，日暮倚修竹』句意。②想佩环句：化用杜甫《咏怀古迹》中『环佩空归月夜魂』句意。佩环：指代昭君。③犹记三句：相传宋武帝女寿阳公主日卧于含章殿檐下，梅花落公主头上，留下了花瓣的印记，三天后才褪去。蛾绿：蛾眉。④玉龙哀曲：指笛曲《梅花落》。玉龙：笛名。

【赏析】

梅花像玉一样缀在长着苔藓的梅枝上，枝头栖息着小小翠鸟。在词人的眼中，白梅如同杜甫诗中的高洁佳人，无言独倚修竹；它又好似眷念故乡、月夜归来的昭君灵魂所化，美丽中透露出忧郁与孤独。词人还联想到那深宫旧事：寿阳公主小憩之时，梅花飘落在她的眉间，留下了五瓣梅花印。

词人劝说世人准备金屋美好清洁的梅花，莫学春风，让它随处飘零。待到梅花逐水漂走，词人要为它吹上一曲忧伤的《梅花落》。而当梅花落尽，再要寻觅它的踪迹，怕是只能到小窗上的图画中去欣赏了。

风入松

俞国宝

一春长费买花钱，日日醉湖边。玉骢惯识西湖路①，骄嘶过、沽酒楼前。红杏香中箫鼓，绿杨影里秋千。

暖风十里丽人天，花压鬓云偏。画船载取春归去，余情付，湖水湖烟。明日重扶残醉，来寻陌上花钿②。

【注释】

①玉骢（cōng）：白马。②花钿（diàn）：以珠宝装饰的花形首饰。

【赏析】

这一春，每每解囊买花，日日醉在西湖。所骑白马也积久成性，熟识了前往湖边的道路，路过沽酒楼前的时候，它总要振鬃嘶鸣几声。至于红杏花香中载歌载舞，绿杨荫影里嬉戏秋千，充目盈耳，比比皆是；这暖风十里的西湖路，丽人如云，她们靓妆美服，令人心驰神醉。而当日晚人归，景色逐渐黯淡下来，那柔曼迷蒙的湖水湖烟，依然让词人徘徊流连，赏玩不已。明日应是酒不能消，但词人预拟前来如旧，拾起湖边坠钗遗簪，心怀对西湖春景的无限眷恋。

柳梢青·岳阳楼

戴复古

袖剑飞吟。洞庭青草，秋水深深。万顷波光，岳阳楼上，一快披襟。

不须携酒登临，问有酒何人共斟？变尽人间，君山一点，自古如今。

【赏析】

袖藏剑刃，在秋水深深的洞庭、青草湖畔，在累代胜迹岳阳楼上，眼望万顷波光，作者一任衣襟迎风飘摆，他满怀豪情壮志，昂首高歌。按照常情，此时正宜有酒助兴，以足快意，但作者不须携酒，因为没有知己可以与之共斟。洞庭湖心有君山，在四周广阔湖水的衬托下，它渺小得像一个小点，可是这一点君山，却在风吹浪打中历尽沧桑，岿然不动，自古而今。

减字木兰花

卢炳

莎衫筠笠①，正是村村农务急。绿水千畦②，惭愧秧针出得齐③。

风斜雨细，麦欲黄时寒又至。馌妇耕夫④，画作今年稔岁图⑤。

【注释】

①莎衫筠（yún）笠：指蓑笠。②畦（qí）：田块。③惭愧：侥幸，难得。秧针：秧苗。④馌（yè）妇：往田头送饭的妇女。⑤稔（rěn）岁：禾谷丰收的年岁。

【赏析】

暮春，正是江南农村大忙的时节，农人们披着蓑衣，头戴竹笠，在田里耕作，他们看着行行列列长得十分整齐的秧苗，满心喜悦；去年种下的冬麦，不久也即将黄熟。又一阵斜风细雨，暮春的气候并不稳定，表现出的还总是这样的乍暖还寒；但这并不影响乡人们的劳动与心情，耕夫依旧辛勤劳作，农妇依旧按时送饭，大家都有所盼望，盼望这是一个太平无事的丰年。

双双燕·咏燕

史达祖

过春社了①，度帘幕中间，去年尘冷。差池欲住②，试入旧巢相并。还相雕梁藻井③，又软语商量不定。飘然快拂花梢，翠尾分开红影④。

芳径，芹泥雨润⑤。爱贴地争飞，竞夸轻俊。红楼归晚⑥，看足柳昏花暝⑦。应自栖香正稳，便忘了、天涯芳信。愁损翠黛双蛾⑧，日日画阑独凭。

【注释】

①春社：古时祭祀土神的日子，一般在立春第五个戊日。②差池：形容燕子摆动双翼和尾羽的样子。③相：打量。藻井：古时建筑天花板上一方一方的彩画。④红影：花影。⑤芹泥：长着芹草的泥地。⑥红楼归晚：谓燕子回巢已晚。红楼：富贵人家，燕子做巢的地方。⑦暝（míng）：昏暗的样子。⑧双蛾：双眉，代指思妇。

【赏析】

过了春社，燕子才飞进帘幕，旧巢已然覆盖了一层清冷尘灰。双燕抖动翅膀，似要齐入巢中栖息，继而却重新相一相屋梁藻井，呢喃细语，商量不定。它们时而轻盈飞起，飘然掠过花梢，以翠尾分开花影；

时而贴近被春雨润湿了的地面，你追我赶，竞争轻俊。直到饱览了柳弱花娇，直到天色已晚，才归来红楼。于是酣然睡去，浑然忘记了思妇托付它们带给爱人的书信。那一边，她忧愁憔悴，日日倚着画栏，等候远方爱人寄来的回信。

江城子

卢祖皋

画楼帘幕卷新晴，掩银屏，晓寒轻。坠粉飘香，日日唤愁生。暗数十年湖上路，能几度、着娉婷①。

年华空自感飘零，拥春酲，对谁醒？天阔云闲，无处觅箫声。载酒买花年少事，浑不似、旧心情。

【注释】

①娉（pīng）婷：美好的样子。

【赏析】

这是首惜春词，写于词人驻留临安之时，寄寓了身世之感。上片写词人登上画楼所见之景，表现了伤春怨别的情绪。

前三句写春日的明朗景色，以此反衬出词人内心的苦闷。一个『新』字，将雨过天晴、空气清新、阳光普照的春景表现出来。『坠粉飘香』两句转而抒情，写词人愁闷的原因。末三句由『愁』而发，写词人所愁的内容。词人采用疑问的句式，表达了内心的缠绵悱恻之感以及对年华逝去的怨恨之情。下片『年华』一句，承接上片的愁绪，是本词的中心句。『拥春酲』两句，写出词人的真实状态，为了排遣内心的愁闷，他借酒浇愁，喝得酩酊大醉，但醒来时，又能对谁倾诉心中的凄楚呢？『载酒买花』三句，再次感叹时光流逝，年华逝去，字里行间弥漫着惆怅之情。以此结尾，言尽而意未尽。整首词意境悲凉，风格清隽，充满不尽惆怅，极有韵致，颇值得玩味。

浪淘沙

韩疁

莫上玉楼看，花雨斑斑。四垂罗幕护朝寒。燕子不知人去也，飞认阑干。

回首几关山，后会应难。相逢只有梦魂间。可奈梦随春漏短，不到江南。

【赏析】

此词看似是一位女子抒发对远客江南的爱人的眷念与幽怨，实则寄托着身在北方的作者对于南宋朝廷的感情。词中深情写道：请不要再到旧日的琼楼玉宇去看望吧，那里已是残花零落。我把帘幕落下，以抵挡清晨的寒冷；燕子不知故人已去，依旧飞来寻找它的旧巢。回头看看有多少关山啊，但与它们再会却是困难的，故人旧地，只能在梦中相逢。我也希望在梦中，到江南去找你，无奈梦境短浅，终是梦不到江南。

霜天晓角·仪真江上夜泊

黄机

寒江夜宿，长啸江之曲。水底鱼龙惊动，风卷地、浪翻屋。诗情吟未足，酒兴断还续。

草草兴亡休问，功名泪、欲盈掬①。

【注释】

①掬（jū）：双手捧起，形容泪水之多。

【赏析】

夜泊于寒江之上，放声长啸，引得鱼龙惊动、风浪翻卷。作者胸中有诗情，百吟不尽，作者胸中有酒兴，断而复续。但诗情酒兴并非凭空而来，他说：休去问他盛衰更迭、兴亡反复，我欲建功扬名之心，只换得一捧清泪。

玉楼春·春思

严仁

春风只在园西畔，荠菜花繁蝴蝶乱①。冰池晴绿照还空，香径落红吹已断。

意长翻恨游丝短，尽日相思罗带缓②。宝奁如月不欺人③，明日归来君试看。

【注释】

①荠菜：草本植物，叶长而花白。②罗带缓：因日渐消瘦而衣带松宽。③宝奁（lián）如月：梳妆匣中皎如明月的圆镜。

【赏析】

上阕写池苑中所见，从多方面烘绘暮春景色，寓意尽在伤春之上。下阕诉说相思之苦，言游丝之长尚不能及对远人情意之长，说自己因相思煎熬致使衣带渐宽。最后以镜不欺人，他日郎君归来便知憔悴与否收束，将一腔幽情委婉吐出，缠绵悱恻，耐人寻味。

贺新郎·送陈真州子华

刘克庄

北望神州路①，试平章②、这场公事，怎生分付？记得太行山百万，曾入宗爷驾驭③。今把作、握蛇骑虎。君去京东豪杰喜，想投戈、下拜真吾父④。谈笑里，定齐鲁。

两河萧瑟惟孤免⑤。问当年、祖生去后⑥，有人来否？多少新亭挥泪客⑦，谁梦中原块土？算事业、须由人做。应笑书生心胆怯⑧，向车中、闭置如新妇。空目送，塞鸿去⑨。

【注释】

①神州路：指中原沦陷之地。②平章：评论。③记得两句：宗泽曾号召山东、河北各地地方武装一同抗金，聚兵于太行山。④真吾父：《宋史·岳飞传》载，张用在江西作乱，岳飞写信给他，张用读毕叹曰：『真吾父也。』遂降。⑤两河：黄河南北的中原失地。⑥祖生：东晋名将祖逖，曾统兵北伐，收复黄河以南地区。⑦新亭：在今江苏南京市南，东晋建立后，北方士大夫多于此宴集，遥望中原失地，挥泪叹息。⑧书生：作者自称。⑨塞鸿去：因陈子华北迁，故以飞往塞外的鸿雁喻之。

【赏析】

这首词是作者为将要前往真州赴任的友人陈子华而作的。作者在词的上阕中回忆了南宋初年北方民众同仇敌忾、英雄豪杰皆入老将宗泽麾下协力抗金的盛况，慨叹南宋朝廷对待民间抗金力量『握蛇骑虎』般既用又怕的龌龊态度；并且对友人寄予厚望，希望他能在任上广纳俊杰，联络四方抗金力量，为今后收复中原打下基础。下阕抒发了对于南宋君臣懦弱苟且、忘性极好的强烈愤慨，以及自己书生之百无一用，只能徒然目送老友慷慨北行的无奈之情，但仍有『算事业、须由人做』的劝勉之语，悲而能壮，是刘词当行本色。

一剪梅·戏林推

刘克庄

年年跃马长安市，客舍似家家似寄。青钱换酒日无何，红烛呼卢宵不寐①。易挑锦妇机中字，难得玉人心下事。男儿西北有神州，莫滴水西桥畔泪。

【注释】

①呼卢：指赌博。

【赏析】

本篇为赠友规劝之作。饮酒狎妓，本是洒脱不拘的古代文人最喜闻乐道之事。但时逢国运衰微，时局动荡，像词人这样的爱国文人都恨不能为国分忧，根本无暇寻欢作乐。至此国难当头之时，他见一位林姓友人仍旧纵情酒色，便有心规劝，因而写下此作。『林推』并非人名，而是一位林姓的节度推官。本词词风颇为豪放，具有辛派词人特色。上片极写友人的风流不羁、豪迈洒脱，看似是对友人洒脱性情的夸奖，实则是对其放浪行径的叹惋。前两句写友人漂泊四海，久客轻家。『长安』，这里借指南宋时期的都城临安，即今天的杭州。『客舍』，并非一般的旅馆，而是指酒馆妓院之类的场所。友人年年跃马游荡在临安城中，把饮酒狎妓的酒馆妓院当做自己的家，而自己真正的家却反而像是寄居之地。由此可见其平日生活之不羁。后两句写友人一天天买酒狂饮无所事事，一宿宿燃烛赌博通宵不睡。由此可见其生活之空虚。

下片直写对友人的规劝。换头两句是从个人的私生活方面来劝诫，对举成文，委婉地指责友人迷恋风尘女子，不顾及家中妻室。那些风尘女子只是逢场作戏，哪里比得上家中的妻子，对你一片真心，忠贞可靠。后两句是从国事方面来劝勉。这两句化用了辛弃疾《虞美人·同父见和再用韵答之》『我最怜君中宵舞，道男儿到死心如铁』和《水调歌头·送施枢密圣与帅江西》『贱子亲再拜：西北有神州』等词意，热烈而郑重地规劝友人远离酒色，重振面貌，以复国兴邦之大业为重，为抗击金兵、收复中原失地尽一己之力。末句中的『水西桥』是南宋时期杭州城中风尘女子的聚居之所。片末最后一句是说不要整日与那些朝秦暮楚的风尘女子厮混在一处，洒抛无谓的伤离恨别之泪。

本词情调甚高，字里行间充满了爱国主义激情，气劲辞婉，外柔内刚。词人对友人沉迷酒色的行为感到十分痛惜，从词末两句一扬一抑的情绪变化中便能看出。词作规劝意味十分明确，但是语意却很温和，辞谐而意甚庄。从章法结构上来看，上片写人，下片表意，各有侧重，又相辅相成。

卜算子

刘克庄

片片蝶衣轻①，点点猩红小。道是天公不惜花，百种千般巧。
朝见树头繁，暮见枝头少。道是天公果惜花，雨洗风吹了。

【注释】

①蝶衣轻：形容海棠花瓣状如蝶翼一样轻盈。

【赏析】

此词为咏海棠之作。全词两问，问天公如果不爱花为何将花儿打扮得如此娇艳美丽、巧媚动人，又问天公如果爱花却为何又作风雨将花儿吹散打落。词文明白如话，轻灵跳动，似一时兴到之作。

一剪梅·舟过吴江

蒋捷

一片春愁待酒浇，江上舟摇，楼上帘招。秋娘渡与泰娘桥，风又飘飘，雨又潇潇。

何日归家洗客袍？银字笙调，心字香烧。流光容易把人抛，红了樱桃，绿了芭蕉。

【赏析】

心头的一片春愁等待用酒来浇。船儿经过吴江，随波浪轻轻摇荡；江岸上酒楼的酒帘，迎风儿殷勤相招。过了秋娘渡，来到泰娘桥，斜风飘飘，细雨潇潇，斜风细雨牵起了词人想家的情思，他想着，何时才能回到家里，让妻为自己洗去长袍上的风尘，与她共调笙瑟，焚香闲话。

时光依旧不停地流逝着，快得让人每每恍然惊叹，转眼间春去夏来，景物已换作红樱桃，绿芭蕉。

满江红·送李御带珙

吴潜

红玉阶前，问何事、翩然引去。湖海上、一汀鸥鹭，半帆烟雨。报国无门空自怨，济时有策从谁吐！过垂虹亭下系扁舟，鲈堪煮。

拼一醉，留君住；歌一曲，送君路。遍江南江北，欲归何处？世事悠悠浑未了，年光冉冉今如许。试举头、一笑问青天，天无语。

【赏析】

问友人为何不愿再供职于装饰豪华的官府，而在烟雨中扬帆远去，从此归隐田园。继而想到他常因报国无门而怨愤自伤，空怀济时之策而无人倾吐。作者因而理解了友人此行的心情。

叮嘱他停舟垂虹亭，品尝一下归隐之人津津乐道的鲈鱼，但又不愿他走得如此匆促，作者所以在『拼一醉，留君住；歌一曲，送君路』的徘徊往复中相与留连。他不知道，四方山河皆零落，友人能在哪里找到让自己了却世情的所在。

世事众多，纷扰我心，年华在浑浑噩噩、随波逐流中渐渐逝去，想到自己的境遇，作者不禁怅问青天何以如此。但天不解人意，只是沉默不语。

蓦山溪·自述

宋　自逊

壶山居士，未老心先懒。爱学道人家，办竹几、蒲团茗碗。青山可买，小结屋三间，开一径；俯清溪，修竹栽教满。

客来便请，随分家常饭。若肯小留连，更薄酒、三杯两盏；吟诗度曲，风月任招呼。身外事，不关心，自有天公管。

【赏析】

自号『壶山居士』的作者，厌倦了争名逐利的仕宦生涯，他于是退隐林泉，学着道家模样，置办了几只蒲团，一张竹子茶几，摆放上斟满香茗的茶碗。

这里有属于自己的青山，自己搭建的茅屋，自己开辟的小径，作者还在清溪的上游栽满修竹。

有客来访，便接之以家常便饭，如果客人愿作小留，作者则会邀请他饮上三两杯淡酒，一起吟诗度曲、迎风赏月。除却享受闲居的乐趣，其他事情都是身外之事，作者不关心，所以把那一切都托付给天公安排。

谒金门

李好古

花过雨，又是一番红素。燕子归来愁不语，旧巢无觅处。
谁在玉关劳苦？谁在玉楼歌舞？若使胡尘吹得去，东风侯万户。

【赏析】

这是一首托物寄情的词。上阕写每经一番雨洗，花儿的红白便随之变化一次，隐喻其时政坛变化的诡谲；写燕子归来难寻旧巢，暗示显贵府第时时易主，宦海沉浮凶险多变。下阕忽出率真两问，矛头直指纵情声色、骄奢淫逸的官僚阶层，表达出作者对其不思进取、荒淫误国行为的强烈愤慨。又谓若是东风能将胡尘吹去，那么东风也可封侯万户，深见作者对于抗敌无人、收复故土希望渺茫的失望无奈之情。

青玉案

黄公绍

年年社日停针线，怎忍见、双飞燕。今日江城春已半，一身犹在，乱山深处，寂寞溪桥畔。
春衫着破谁针线？点点行行泪痕满。落日解鞍芳草岸，花无人戴，酒无人劝，醉也无人管。

【赏析】

本篇为社日羁旅伤怀之词。全词意境鲜明，用语清隽，词末四句出语妙绝，事浅而言深，真挚动人。上片抒写春末时节孤栖他乡乱山之中的凄楚之情。词以『年年社日停针线，怎忍见、双飞燕。』三句发端，统领全篇，点明时节气候，抒写离愁。仅『年年』二字，便让人觉得凄怆，暗示夫妻二人的别离不是小别，而是年复一年、相聚遥遥无期的久别。这里词人借『双飞燕』来反衬夫妻分离，因此不用细腻刻画，一个忧愁瘦损的思妇形象便跃然眼前。以下四句写词人客居他乡的孤寂，与上文遥想妻子独守空闺的苦况相应，更觉真挚感人。下篇写只身外乡生活的落寞辛酸和孤苦，进一步抒写思乡之情。换头两句与全词开篇遥相呼应，借写生活中的小事来表现对妻子的思念之情。这两句看似平淡，但却是词人用心经营之笔。结尾四句为全词最精妙之笔，也是词作的关键所在。这几句进一步把词人对妻子的思念借由具体的事物表现出来，语淡情浓，一气呵成，感情深挚绵长。

湘春夜月

黄孝迈

近清明，翠禽枝上消魂[①]。可惜一片清歌，都付与黄昏。欲共柳花低诉，怕柳花轻薄，不解伤春。念楚乡旅宿，柔情别绪，谁与温存。

空樽夜泣，青山不语，残照当门。翠玉楼前，惟是有、一陂湘水，摇荡湘云。天长梦短，问甚时、重见桃根[②]？者次第，算人间、没个并刀[③]，剪断心上愁痕。

【注释】

①翠禽：翠鸟。②桃根：晋王献之有妾名桃叶，叶有妹名桃根，亦为献之妾。此处借指所爱恋的女子。③并刀：山西并州所产之刀，以锋利著称。

【赏析】

此词为羁旅抒怀之作。又近清明，黄昏时作者闻翠鸟幽怨地鸣于枝上，心中的离愁不禁被触动。他想将心事倾诉与风中的柳花，无奈柳花乱自飘飞，不解人愁。独在异乡，客子的孤单与落寞是让人肠回九转的，作者想念故乡，也想念故乡的爱人。长夜里，他饮下了一杯又一杯苦酒，而后紧握着空杯暗自抽泣：这时候，只有远方的青山和当门的残月默默地看着他，无可奈何。他也曾不由自主地登上小楼，遥望故乡，然而充入视野的却是异乡之水、异乡之云；他也曾想于梦中去探看久别的爱人，但天长梦短，梦魂终不得飞回到她的身边。他因而无助地仰天问道：何时才能再见到心爱的她啊？他继而叹息：这次第，算人间没个并刀，剪断心上愁痕。

长相思

陈东甫

花深深，柳阴阴，度柳穿花觅信音。君心负妾心。
怨鸣琴，恨孤衾，钿誓钗盟何处寻？当初谁料今！

【赏析】

此词抒写一位失恋女子心中的怨恨。『花深深，柳阴阴』点明时令正当暮春，女主人公度柳穿花去寻找情郎的音信，但一无所获，她悲极生怨，遂有『君心负妾心』之语。鸣琴、锦衾是女子与情郎往日爱情生活的见证，还有那二人对之海誓山盟的钗钿，这些东西都在，只是人已成单，誓言不再，她所以恨言：『当初谁料今！』

水调歌头·平山堂用东坡韵

方岳

秋雨一何碧，山色倚晴空。江南江北愁思，分付酒螺红。芦叶蓬舟千里，菰菜莼羹一梦①，无

语寄归鸿。醉眼渺河洛②，遗恨夕阳中。

苹洲外，山欲暝，敛眉峰。人间俯仰陈迹，叹息两仙翁③。不见当时杨柳④，只是从前烟雨，磨灭几英雄。天地一孤啸，匹马又西风。

【注释】

①菰菜句：《晋书·张翰传》载，『翰因见秋风起，乃思吴中菰菜、莼羹、鲈鱼脍，曰：「人生贵得适志，何能羁宦数千里以要名爵乎？」遂命驾而归』。②河洛：黄河与洛水，指中原沦陷之地。③两仙翁：指欧阳修和苏轼，两人都曾登平山堂并留有诗词。④当时杨柳：欧阳修建平山堂并曾亲手植柳一株。

【赏析】

一场秋雨过后，群山一洗如碧，在万里晴空的映衬下，显得格外秀朗多姿。但这令人开郁宣滞的景色却不能消解作者的忧愁，他手把红螺酒杯，将要以酒浇之。

作者的忧愁在于平生游宦四方，漂泊无定，想要归去故乡却始终未能成行。作者的忧愁在于故国沦丧，山河破碎，这忧愁中加载着深深的憾恨。当愁眼再次抬起远望，方才还颇为明朗的景物此时已变得黯淡无光。

在平山堂上，作者遥想先贤文采风范，叹息人世沧桑，其间逝去几多英雄；在孤独的人生旅途中，作者还将驻马西风，于天地间长啸悲鸣。

浣溪沙

吴文英

门隔花深梦旧游，夕阳无语燕归愁。玉纤香动小帘钩①。

落絮无声春堕泪，行云有影月含羞。东风临夜冷于秋。

【注释】

①玉纤：纤纤玉手。

【赏析】

于梦中故地重游，来到伊人居处，却因『门隔』而不得入，门内，花深庭寂。夕阳无语，归燕也似带着愁绪，梦境，在此时幻化为她的纤香玉手掀起帘儿，挂上银钩。

四周忽而飘落无声飞絮，仿佛春在流泪；天边一缕行云遮住月儿，恰似月正含羞。春夜里的东风吹开作者追忆的心门，伤情流露，作者感到今夜凄冷于秋。

清平乐·宫怨

黄昇

珠帘寂寂，愁背银釭泣①。记得年少初选入，三十六宫第一。

当年掌上承恩②，而今冷落长门③。又是羊车过也④，月明花落黄昏。

【注释】

①银釭（gāng）：银烛。②掌上承恩：相传汉成帝之宠姬赵飞燕能为掌上舞，令成帝喜爱不已。③长门：用汉武帝的陈皇后被冷落于长门宫典。④羊车：晋武帝后宫嫔妃众多，他以羊车拉车，任其行走，停在谁的门前便宠幸那位嫔妃。

【赏析】

珠帘寂寂，愁苦不堪的宫女背对着银灯暗自啜泣。记得年少时刚被选进宫的时候，自己在三十六宫中首屈一指，备受皇上的宠爱，然而如今却遭弃置，幽居冷宫。门外，又响起羊车（皇帝游幸乘坐的小车）走过的声音，『月明花落黄昏』，是写羊车过门的时刻，也是写她此时此刻的心情。

贺新郎·西湖

文及翁

一勺西湖水，渡江来，百年歌舞，百年酣醉。回首洛阳花石尽①，烟渺黍离之地②。更不复，新亭堕泪③。簇乐红妆摇画舫，问中流、击楫何人是④？千古恨，几时洗？

余生自负澄清志⑤，更有谁、磻溪未遇⑥，傅岩未起⑦？国事如今谁倚仗？衣带一江而已。便都道，江神堪恃。借问孤山林处士⑧，但掉头、笑指梅花蕊。天下事，可知矣。

【注释】

①洛阳花石：宋徽宗垂意花石，曾从浙中采珍奇以进，号花石纲。②黍离之地：指旧日皇都宫城如今已是残破荒凉，长着野草庄稼。③新亭堕泪：晋室南渡后，王导曾与同僚在南京郊外新亭（又名劳劳亭）饮宴。座中周侯叹曰：『风景不殊，正自有山河之异。』在座的宾客皆相视而泣。王导则愀然变色曰：『当共戮力王室，克复神州，何至作楚囚相对？』④中流、击楫：《晋书·祖逖传》载，祖逖率兵北伐，渡江时曾击楫而誓曰：『祖逖不能清中原而复济者，有如大江。』⑤澄清志：澄清天下的抱负。⑥磻（pán）溪：

相传姜尚未遇周文王前在此隐居垂钓。⑦傅岩：相传傅说未被殷高宗武丁起用前曾在此从事筑墙劳动。⑧孤山林处士：指北宋时隐居杭州西湖孤山，不问世事，种梅养鹤的林逋。

【赏析】

『一勺』极言其小，但小小的西湖便能使南宋统治者乐不思蜀，南渡以来，百年歌舞，百年酣醉。回首中原，名花异石早被蹂躏洗劫一空，只剩下残烟荒草；但遍观左右，已无人为故国不能恢复而伤心落泪。看着湖中彩舟画舫、歌舞美人，作者愤而诘问：『难道都忘记了中流、击楫的祖逖？家仇国恨，不知何时才得以雪洗！』

国家危亡只系于衣带一江的阻隔，但竟有人说：『江神可以依靠，不会让敌人渡过。』而向清雅不凡的士大夫问询国事，他们却扭头一笑说：『我爱梅花，不顾世事。』作者不禁长叹：『天下事，可知矣！』国之将亡迫在眉睫，只是没有明言而已。

兰陵王·丙子送春

刘辰翁

送春去，春去人间无路。秋千外、芳草连天，谁遣风沙暗南浦①？依依甚意绪？漫忆海门飞絮②。乱鸦过③，斗转城荒，不见来时试灯处④。

春去，最谁苦？但箭雁沉边⑤，梁燕无主⑥。杜鹃声里长门暮。想玉树凋土⑦，泪盘如露⑧。咸阳送客屡回顾，斜日未能度。

春去，尚来否？正江令恨别，庾信愁赋⑨。二人皆北去。苏堤尽日风和雨。叹神游故国，花记前度⑩。人生流落，顾孺子，共夜语。

【注释】

①风沙：喻元军。南浦：风景美丽水乡，借指宋朝的大好河山。②海门飞絮：元军破临安后，南宋的宗室、官吏、军队多从海上逃亡，作者也曾想走这条路，但没有成行。③乱鸦：喻元军的铁蹄。④试灯处：张灯结彩的地方。喻往日之繁华。⑤箭雁沉边：喻被掳至北方的南宋君臣。箭雁：中箭受伤之雁。⑥梁燕无主：喻流离失所的南宋臣民。⑦玉树凋土：意谓旧时宫苑荒芜了，原来的玉树琼花也尽皆凋落。⑧泪盘如露：李贺《金铜仙人辞汉歌序》载，『魏明帝青龙元年八月，诏宫官牵车西取汉孝帝捧露盘仙人，欲立置前殿。宫官既折盘，仙人临载，乃潸然泪下』。⑨庾信愁赋：南北朝之庾信初仕梁，后出使西魏，值西魏灭梁，遂羁留北方。他曾作《愁赋》。⑩花记前度：指作者回到沦陷之后的临安，见昔日如花美景已荡然无存，不禁心伤。

【赏析】

本词表面是一首送春、挽春词，实则写对宋朝故土的悼念。宋恭帝赵显德祐二年（1276年），元军压境，一举攻破临安，将恭帝、太后、宰相及部分宗室一并掳去。当时虽然南宋大臣陆秀夫与张世杰等先后立赵昰、赵昺为帝，奉皇帝居崖山（今广东新会南），继续维持巢之将倾的南宋，但其灭亡之势已不可挽回。次年二月，元军攻崖山，陆秀夫负幼帝赵昺投海，南宋彻底灭亡，元统一中国。而本词写于临安沦陷之时。

上片首句即点题，词人说想送春去，但『春去人间无路』，含蓄地表达自己因国土沦丧而生发的沉痛心情。『秋千外』三句，描述了元军破城前后临安城内的景象。『依依』两句是词人对往昔的追忆，『乱鸦过』三句则是对现实境况的描写，与『依依』二句对应。『乱鸦』象征元军，『斗转城荒』暗示临安失陷的迅速，『不见』句则是对宋王朝的未来感到希望渺茫。中片写宋亡后君臣与百姓的沉痛。『春去，最谁苦？』以设问形式引起全片，此后『但箭雁沉边』三句，用箭雁、梁燕、杜鹃三种事物喻写国人的悲痛。『想玉树』两句再写南宋的惨败凋零。『咸阳送客屡回顾』两句，暗喻被迫北上的南宋君臣对故国的深深眷念。下片写思国。起句依然是设问，『春去，尚来否？』是词人含着热泪吟出，国已亡，还有复国的一天吗？『叹神游』两句，写词人的无奈和悲伤。最后三句，写词人只能和『孺子』在夜里共诉亡国之痛，以度残生，处境之凄凉，悲痛之深，溢于言表。全词托物言志，将亡国之痛巧妙地融入众多事物中，抒情自然，情感真挚。

满江红·题南京夷山驿

王清惠

太液芙蓉，浑不似、旧时颜色。曾记得、春风雨露，玉楼金阙。名播兰馨妃后里，晕潮莲脸君王侧。忽一声、鼙鼓揭天来①，繁华歇。

龙虎散，风云灭。千古恨，凭谁说？对山河百二，泪盈襟血。驿馆夜惊尘土梦，宫车晓辗关山月。问姮娥、于我肯从容②，同圆缺。

【注释】

①鼙（pí）鼓：战鼓。②姮（héng）娥：即嫦娥。肯从容：容许相伴随。

【赏析】

王清惠在词中回顾了自己从前在玉楼金阙之中承恩受宠、艳冠群芳的往昔，倾诉战火突起、祸从天降的惊心动魄，以及对家亡国破、君臣作鸟兽散之结局的深深怅恨。北行途中，风尘扰攘，宫车晓行，满腹凄凉。清惠在词中明志：宁愿前往那清寒寥落的月宫去陪伴嫦娥，也要保全名节，免遭羞辱。全词情感深挚，笔调悲凉。

八声甘州

张炎

辛卯岁，沈尧道同余北归，各处杭、越。逾岁，尧道来问寂寞，语笑数日，又复别去。赋此曲，并寄赵学舟。

记玉关、踏雪事清游①，寒气脆貂裘。傍枯林古道，长河饮马，此意悠悠。短梦依然江表，老泪洒西州。一字无题处，落叶都愁。

载取白云归去，问谁留楚佩，弄影中洲②？折芦花赠远，零落一身秋。向寻常、野桥流水，待招来，不是旧沙鸥③。空感怀，有斜阳处，却怕登楼。

【注释】

①玉关：玉门关，词中代指边地。②『问谁留楚佩』二句：化用《九歌·湘君》句意，表示友情的深笃。

③旧沙鸥：喻旧日之友。

【赏析】

本篇为赠友抒怀之作。上片追叙北游往事，表达如今失意南归成为江南遗民的忧郁以及江山易主后的亡国之痛。词人先是勾勒出一幅迎风踏雪的北国羁旅图，回忆了与朋友在北方的往事，后写身世漂泊、无心写诗的哀愁，暗喻『亡国』愁。下片用湘君、湘夫人典故，表现友人离去的失意彷徨，抒写深挚的友情和身世飘零之悲。

全篇将身世之悲和亡国之痛交织抒写，先悲后痛，先友情后国恨，立意高远，境界阔大，风格苍莽，又深情绵邈，使读者有身临其境之感。俞陛云《唐五代两宋词选释》赞此词『通首警重，无懈可击』。

清平乐

张炎

候蛩凄断[1]，人语西风岸。月落沙平江似练，望尽芦花无雁。

暗教愁损兰成[2]，可怜夜夜关情。只有一枝梧叶，不知多少秋声。

【注释】

①候蛩：蟋蟀。②兰成：梁朝诗人庾信小字。

【赏析】

这是词人『伤春』的一篇佳作，是张炎送给他的学生陆行直的词。

词的上片刻画了一幅秋天的景色图，有哀鸣的蟋蟀，萧瑟的西风，清寒的秋月，澄清的江水，还有无雁的芦花。词人说愁，没有直接表达自己的心境，而是把感情寄托在秋天的自然景物上，选景特别，立意新奇。虽然不见半个愁字，却让人时时都能感受到词人的愁绪，含蓄委婉。下片写情，道出内心的无限愁思。『兰成』是南朝梁诗人庾信的字。『梧叶』是秋天最常见的景物，最能引起人们的秋思。而『一枝』把词人形单影只、孤苦伶仃的形象刻画得更加传神。短短几句，使上片所写的景物全都升华成情语，发出对人间悲欢离合和世事沧桑的感慨。其中，『梧叶秋声』以其高度的概括性和完美的艺术表现力成为传世佳句。

元曲

〔黄钟〕人月圆·卜居外家东园

元好问

重冈已隔红尘断①，村落更年丰。移居要就，窗中远岫，舍后长松②。

十年种木，一年种谷③，都付儿童。老夫惟有，醒来明月，醉后清风。

【注释】

①重冈：重叠的山峦。红尘：指繁华纷扰的人世。②移居三句：陶渊明《归去来兮辞》中有『云无心以出岫，鸟倦飞而知还。景翳翳以将入，抚孤松而盘桓』。③十年两句：《管子·权修》中有『一年之计，莫如树谷；十年之计，莫如树木』。

【赏析】

重重山冈隔断了红尘俗世，时值丰年，又是新迁，在这宁静的乡村闲住，窗中见远山，舍后有长松，元好问也乐得个清闲自在，他说：『十年种木，一年种谷，关于明天，还是让年轻人去开拓吧。老夫唯有，醒来明月，醉后清风。』看上去像是不想再问世事，打算诗酒中了此余生了。然而仔细品味本篇，想想他所生活的时代，那亡国之初文人的无奈和无所适从的心情便轻轻地泛了出来。

〔中吕〕喜春来·春宴

元好问

春盘宜剪三生菜①，春燕斜簪七宝钗②。春风春酝透人怀③。春宴排，齐唱喜春来。

【注释】

①春盘：即春卷。按古时的风俗，每年立春这一天，就将面粉制成薄饼，摊在盘中，加上精美蔬菜食用，

故称春盘。②春燕：古代迎春时妇女们会将丝绸剪成燕形作为佩饰，以图吉利。③酝：酒。

【赏析】

在古代，立春时要吃春卷、佩春燕儿，还要举行一些宴饮娱乐活动来迎接春天的到来，此曲描写的就是这喜庆欢快的迎春场面。用薄饼卷了春蒿、黄韭、蓼芽几种时蔬，将红绸子剪成的春燕儿用簪子插在头上，节日的气氛就已经弥散在空气中了。和煦的春风，香醇的春酒，更让人感觉到心中有无限的畅快。在一片欢声笑语当中，大家开始合唱起了《喜春来》。这首小令虽然简单，却自自然然，欢乐的气氛溢于纸外，让人有身临其境之感。

〔双调〕骤雨打新荷

元好问

绿叶阴浓，遍池亭水阁，偏趁凉多①。海榴初绽②，娇艳喷红罗。乳燕雏莺弄语，有高柳鸣蝉相和。骤雨过，珍珠乱撒，打遍新荷。

人生有几，念良辰美景，一梦初过。穷通前定③，何用苦张罗。命友邀宾玩赏，对芳樽浅酌低歌④。且酩酊，任他两轮日月，来往如梭。

【注释】

①偏趁凉多：意谓此处比别处更为清凉。②海榴：即石榴。③穷通：困厄与发达。④樽：酒杯。

【赏析】

池亭水阁得到了高大柳树的荫庇，看上去清凉舒爽；石榴花刚刚开放，火红如锦，生意盎然。蝉儿在柳树上知了知了地叫着，好像在与那些叽叽喳喳的乳燕雏莺们相互唱和；一阵骤雨袭来，雨点打在刚出水面的荷叶上，宛如珍珠落盘，飞溅跳脱。对此良辰美景，作者不由得兴起日月如梭、人生几何的感慨，并认为人生的通达与否是命中注定的，不必去苦苦经营，只有在诗酒交游中终老，才是真正的快乐。

〔越调〕小桃红

杨果

满城烟水月微茫，人倚兰舟唱①。常记相逢若耶上②，隔三湘，碧云望断空惆怅③。美人笑道：莲花相似，情短藕丝长。

【注释】

①兰舟：小舟的美称。②若耶：若耶溪。它源出若耶山，相传西施曾在溪边浣纱。③望断：望尽。

【赏析】

江城夜景，烟水冥迷，月色朦胧。听得江中有清歌传来，看到曼妙女子泛舟由隐约而清晰，作者之心不觉被深深触动。他并非滥情之人，只是眼前的女子和她进入自己视野的方式像极了记忆中的恋人，恋人如今相隔千里，自己常常会空自眺望，思念，惆怅；异时异地，能见到与她如此相似的身形，他焉能无动于衷？

他显然是将自己的这些情思告诉了这位偶遇的女子，女子笑了，对他说：莲花相似，情短藕丝长。——我和她虽然相似，但只是相似，你对我的情短，对她的相思却是悠长的啊。小令借美人之口道出了作者对远方恋人的深深思念，耐人玩味，余韵悠长。

〔仙吕〕赏花时·〔套数〕（节选）

杨果

秋水粼粼古岸苍，萧索疏篱偎短冈。山色日微茫，黄花绽也①，装点马蹄香。

〔胜葫芦〕见一簇人家入屏帐②，竹篱折，补苔墙。破设设柴门上张着破网③。几间茅屋，一竿风旆④，摇曳挂长江。

〔赚尾〕晚风林，萧萧响，一弄儿凄凉旅况⑤。见壁指一似桑榆侵着道旁⑥，草桥崩柱摧梁。唱道向、红蓼滩头⑦，见个黑足吕的渔翁鬓似霜⑧。靠着那驼腰拗桩⑨，瘿累垂脖项⑩，一钩香饵钓斜阳。

【注释】

①黄花：菊花。②屏帐：此指画屏。谓人家如在画中。③破设设：残破的样子。④风旆（pèi）：指在风中飘扬的酒旗。⑤一弄儿：全部，全都是。⑥壁指：墙壁。⑦唱道：此曲固定嵌字。蓼（liǎo）：生在浅水的一种草。⑧黑足吕：乌黑。足吕是助词，无义。⑨驼腰拗（ǎo）桩：指弯曲盘结的老树桩。⑩瘿（yǐng）：颈瘤，俗称大脖子。

【赏析】

作者于天涯苦旅之中目睹了多姿秋色，心中的感触也是颇多的。秋色的苍茫萧瑟触动了他游子的凄凉心情，而使马蹄染香的野菊，小山冈下坐落的人家等等景物又让他感到了别样情致。傍晚时分，他正因见到萧萧风林、老桑古道和残破断桥而渐生忧愁，目光却又被随即映入眼帘的滩头红蓼、满江斜阳所吸引；还有那坐在水边、面色黝黑、两鬓已白的老翁，佝偻着背，坐靠在一株盘结弯曲的老树下，正在专心致志地钓鱼，作者之心，又为一派盎然情趣所充满。情因景易、富有波澜是本篇的特点，真可以『山重水复疑无路，柳暗花明又一村』概括之。

〔南吕〕干荷叶

刘秉忠

干荷叶，色苍苍，老柄风摇荡。减了清香，越添黄。都因昨夜一场霜，寂寞在秋江上。

【赏析】

此曲写荷花残败之时。当其盛开时节，清香四溢，旖旎多姿；而随着夏去秋来，花色褪去，荷叶枯萎，真是『减了清香，越添黄』。到了一场寒霜过后，便只剩些残枝败叶在江上飘荡。《干荷叶》原是以『干荷叶』起兴的民间小曲，常为人们用以寄寓人世炎凉之慨、时事兴衰之叹。

〔般涉调〕耍孩儿·庄家不识勾阑①〔套数〕

杜仁杰

风调雨顺民安乐，都不似俺庄家快活。桑蚕五谷十分收，官司无甚差科②。当村许下还心愿，来到城中买些纸火③。正打街头过，见吊个花碌碌纸榜④，不似那答儿闹穰穰人多⑤。

〔六煞〕见一个人手撑着椽做的门，高声的叫『请、请』，道：『迟来的满了无处停坐。』说道『前截儿院本《调风月》⑥，背后幺末敷演《刘耍和》⑦』。高声叫：『赶散易得⑧，难得的妆哈⑨！』

〔五煞〕要了二百钱放过咱，入得门上个木坡⑩。见层层叠叠团圞坐⑪。抬头觑是个钟楼模样⑫，往下觑却是人旋窝。见几个妇女向台儿上坐。又不是迎神赛社⑬，不住的擂鼓筛锣。

〔四煞〕一个女孩儿转了几遭，不多时引出一伙。中间里一个央人货⑭。裹着枚皂头巾顶门上插一管笔，满脸石灰更着些黑道儿抹⑮。知他待是如何过？浑身上下，则穿领花布直裰⑯。

[三煞]念了会诗共词，说了会赋与歌，无差错。唇天口地无高下，巧语花言记许多。临绝末⑰，道了低头撮脚，爨罢将幺拨⑱。

[二煞]一个妆做张太公，他改做小二哥⑲。行行行说向城中过⑳。见个年少的妇女向帘儿下立，那老子用意铺谋待取做老婆。教小二哥相说合，但要的豆谷米麦，问甚布绢纱罗。

[一煞]教太公往前那不敢往后那㉑，抬左脚不敢抬右脚。翻来覆去由他一个。太公心下实焦燥，把一个皮棒槌一下打做两半个㉒。我则道脑袋天灵破㉓，则道兴词告状，划地大笑呵呵㉔。

[尾声]则被一胞尿爆的我没奈何㉕。刚捱刚忍更待看些儿个，枉被这驴颓笑杀我㉖。

【注释】

①庄家：农户。勾阑：宋元时演出戏剧杂耍的场所。②官司：官府。差科：差役。③纸火：还愿用的香烛纸钱。④花碌碌：花花绿绿。纸榜：指演出海报。⑤那答儿：那边。闹穰（rǎng）穰：人声嘈杂，乱哄哄的样子。⑥院本：金元时流行的一种戏剧演出形式，以调笑、歌舞为主。⑦幺末：即杂剧。刘耍和：金时著名艺人，其故事后被编为杂剧上演。⑧赶散：指没有固定演出场所的民间戏班子。⑨妆哈：正规的全场演出。⑩木坡：观众坐的梯形看台。⑪团圞（luán）：环绕。⑫觑（qù）：把眼睛眯成一条缝看。钟楼模样：指戏台。⑬迎神赛社：古时逢神诞或社日，按习俗要鼓乐迎神，祭祀祷告。⑭央人货：即殃人货，指害人精。⑮满脸句：形容黑白相间的脸谱。⑯直裰（duō）：长袍。⑰临绝末：临结束的时候。⑱爨（cuàn）：为宋杂剧、金院本的开场戏。拨：开始表演。⑲小二哥：指张太公的仆人。此角色应是前

面所说的『央人货』改扮的。⑳行行说：边走边说。㉑那：通『挪』。㉒皮棒槌：演出时所用的道具，又叫『磕瓜』，用以增加声音效果。㉓则道：只道。此人不知那皮棒槌打作两半是演出需要，只道是演员用力过猛所致。㉔划（chǎn）地：平白无故地。㉕爆：胀。㉖驴颓：骂人话。指张太公。

【赏析】

此曲通过一个庄稼汉初次进勾阑看戏的所见所闻，记述了当时戏曲演出的情景。这位庄稼汉因为赶上了丰年而跑到城中买纸火还愿，恰巧碰到了戏班在招揽生意，于是便跑去观看演出；而我们通过他的眼睛看到的一切，纷纷变了样、走了形。

全曲紧扣『庄稼汉』的身份对这次演出进行描写：他把海报叫做『花花绿绿的纸榜』，把看台叫做『木坡』，把戏台叫钟楼，不懂得开场戏是怎么回事，不理解戏中的角色扮妆……尽管如此，庄稼汉还是看得非常起劲，最后因为忍不住要撒尿而急急离去。

〔仙吕〕一半儿·题情

王和卿

鸦翎般水鬓似刀裁[1]，小颗颗芙蓉花额儿窄。待不梳妆怕娘左猜[2]。不免插金钗，一半儿蓬松一半儿歪。

【注释】

①鸦翎：乌鸦尾部羽毛。此处形容头发黑。似刀裁：指两鬓用水或油匆匆一抹，贴在面颊上好像用刀裁的一般。②待：想要。左猜：猜疑。

【赏析】

此曲是在描写一个思念恋人的少女。女为悦己者容，恋人远行在外，她自然也就无心打扮。你看她，急急地用水将鬓角一抹，鬓发贴在脸颊上，像刀裁的一样，很不自然；又将珠坠匆匆往头上一插，插低了挡住额头她也不管。『哎，这一切都是为了给娘看啊，是怕娘见我不上妆会东猜西猜！』她不无牢骚地说。这样的心情之下插上金钗，那云髻果真是免不了『一半儿蓬松一半儿歪』了。

〔双调〕拨不断·大鱼

王和卿

胜神鳌①，夯风涛②，脊梁上轻负着蓬莱岛③。万里夕阳锦背高④，翻身犹恨东洋小。太公怎钓⑤？

【注释】

①神鳌（áo）：传说中海里的大龟。②夯（hāng）：砸，撞击。③蓬莱岛：传说中海上三仙山之一。④锦背：指鱼脊。⑤太公：指姜太公。

【赏析】

此曲描写了一只大鱼，说它比神鳌还大，脊背上驼着蓬莱岛，而且是『轻负着』，看来驼蓬莱岛对于它来说是小菜一碟。它遨游在东海之中，长达万里的脊背锦鳞在夕阳下闪闪发光，愈显高耸；翻个身，感觉东海还是太小，根本不够自己自由活动。读到这里，我们不禁为这条鱼的巨大而惊叹，也很容易联想起战国时楚人宋玉在给楚王讲曲高和寡这一道理时的自喻——『鲲鱼朝发昆仑之墟，暴鬐于碣石，暮宿于孟诸；夫尺泽之鲵，岂能与之量江海之大哉？』王和卿为当时的名士，但入元以后不仕，也许正是因为藐视与当时的统治者，不愿与之合作。他以此鱼喻己，极言此鱼之大，又在结尾时不无调侃地问：『太公怎钓？』其中寓意不难体会。

〔越调〕小桃红·江岸水灯

盍西村

万家灯火闹春桥，十里光相照。舞凤翔鸾势绝妙。可怜宵①，波间涌出蓬莱岛②。香烟乱飘，笙歌喧闹，飞上玉楼腰③。

【注释】

①可怜：可爱。②蓬莱岛：喻水面上出现的灯船。③玉楼：传说中天帝的居所。

【赏析】

回首江岸，万家灯火交相辉映，绵延十里；人们挥龙舞凤，处处洋溢着欢歌笑语。放眼江上，但见粼粼江波之中偶尔涌出一座香烟缭绕、笙歌喧闹的『蓬莱岛』，那是飘荡起伏于江中的灯船，辉煌、绚烂、夺目。灯船上的灯火，江岸上的灯火连成一片，加上直冲云霄的歌声、笑声、乐曲声，其势之盛、其景之绝真是笔楮难穷。作者说：『这是多么可爱的夜晚啊。』是的，这样的佳夜，又有谁能不为其所动呢？

〔仙吕〕一半儿

胡祗遹

败荷减翠菊添黄，梨叶翻红梧叶苍。绣被不禁昨夜凉。酿秋光，一半儿西风一半儿霜。

【赏析】

若不是独处深闺，若不是昨夜怀思难眠，深觉绣被难挡阵阵秋凉，不知她今日看到残败的荷花，渐黄的秋菊，经霜变红的梨叶和苍老的梧桐会是什么样的心情。然而昨夜的秋凉将她侵扰，孤独与寂寞在她心头蔓延，她感到凄苦难耐、身心俱寒。所以如今她看到秋色百态却只能感到其中的萧瑟，所以她才会在触目惊心之余哀哀叹道：秋光的酿成，都只是在那西风与严霜催逼之下啊！

〔中吕〕阳春曲·春景

胡祗遹

几支红雪墙头杏[1]，数点青山屋上屏。一春能得几晴明？三月景，宜醉不宜醒。

【注释】

①红雪：指红色的杏花。

【赏析】

『几支红雪墙头杏，数点青山屋上屏。』虽然作者只用了少许笔墨，然而那清新雅致、色彩明丽的春景已然跃入了我们的眼帘。这样美丽的春光，有谁会不心生爱怜、害怕它流走？然而三月的春光虽美，却从未改变过它来去匆匆的步伐。历代的文人骚客们，每逢春来，便挡不住心中那份留春不住的伤感，欧阳修的『日日花前常病酒，不辞镜里朱颜瘦』；张先的『送春春去几时回？临晚镜，伤流景』。这样的伤感看来在作者这里还在继续着，他说：『一春能得几晴明？三月景，宜醉不宜醒。』

〔双调〕沉醉东风·赠妓朱帘秀

胡祗遹

锦织江边翠竹①，绒穿海上明珠②。月淡时，风清处，都隔断落红尘土③。一片闲云任卷舒，挂尽朝云暮雨④。

【注释】

①锦织句：借云锦丝将竹篾串成了帘子而道出『帘』字。②绒穿句：借云帘上有明珠为饰而道出『珠』字。③落红尘土：喻尘俗的侵扰。④朝云暮雨：在此处借喻时人对于歌妓反复无常的情感。

【赏析】

朱帘秀一名『珠帘秀』，是元初的名妓。曲中的头两句，不仅点出其名，更让人想见其体态之修长婀娜，容颜之光彩照人。『月淡时，风清处，都隔断落红尘土』点出了她在征歌逐酒的风月浮华背后，那份『出淤泥而不染』的清洁心境。我们能够想象出作为一代名妓的她，会有多少公子王孙为之一掷千金，多少文人骚客为之吟咏作叹，然而从作者的笔下我们又看到，她对这些反复无常的情感是『一片闲云任卷舒，挂尽朝云暮雨』，其潇洒不羁、看破尘俗却又应对自如的姿态跃然纸上。此曲虽短，却语意双关，内涵丰富，用写意的手法将名妓朱帘秀由内而外生动地刻画出来。

〔黄钟〕人月圆

刘因

茫茫大块洪炉里①，何物不寒灰。古今多少，荒烟废垒，老树遗台。

太行如砺，黄河如带②，等是尘埃③。不须更叹，花开花落，春去春来。

【注释】

①大块：大自然。洪炉：冶炉。②太行两句：《史记·高祖公侯年表》中记载汉高祖刘邦在封爵时曾有誓言说：『使河如带，泰山若厉，国以永宁，爰及苗裔。』③等是：同样是。

【赏析】

曲的一开篇作者便明白地表达了任何事物在大自然的炼炉里自然而然地走向消亡。作者的态度看似消极，但气魄极大，实际上是对荣耀一时的权贵们的命运的直白预言。曲中引用了汉高祖刘邦在封爵时那气壮山河的誓言，而彼时被分封的诸侯们的下场似乎也正预示着当世达官显贵们的结局。结尾处笔锋一转说：『不提这些了，花开花落，春去春来，万物自有定数。』简单平白的一句话，将作者超脱尘俗而归于平静的心态表现得淋漓尽致。

〔双调〕蟾宫曲·晓起

徐琰

恨无端报晓何忙①，唤却金乌②，飞上扶桑③。正好欢娱，不防分散，渐觉凄凉。好良宵添数刻争甚短长？喜时节闰一更差甚阴阳④！惊却鸳鸯，拆散鸾凰；犹恋香衾⑤，懒下牙床⑥。

【注释】

①无端：无缘无故。②金乌：指太阳。传说日中有三足乌。③扶桑：传说中的神树，太阳升起的地方。④闰：增加。⑤衾（qīn）：指被子。⑥牙床：床的美称。

【赏析】

此曲通过描写晨起的一个片断，讲述恋人间难分难舍的缠绵情意。

雄鸡报晓，日出东方，气象更新，但对于缠绵于床帷之中的情人来讲，这却是一个起怨生恨的时刻。词中人因为依依不舍而感到凄凉，由凄凉而埋怨：『美好的良宵再添数刻又怎么了？这快乐的时光再延长一会儿，日月运转就会出现差错吗？』

但天终究是亮了，欢娱无法继续，他又能怎么样呢？虽然是『犹恋香衾』，也只好很不情愿地从床上爬了起来。

〔正宫〕双鸳鸯·柳圈辞

王恽

问春工①，二分空，流水桃花飏晓风②。欲送春愁何处去，一环清影到湘东。

【注释】

①工：造化之工。②飏：在风中飘荡。

【赏析】

清晨来到水边，春景尚好，但毕竟是三分去了二分。春风吹过，岸边的桃花纷纷落下，飘散在风中，随风飞舞，飘落在水中，随水东流。眼看春天就要过去了，作者不禁泛起了丝丝春愁。他摘下头上的柳圈，将它轻轻地抛在水中，祝愿柳圈不但能驱除不祥，更要带走自己这一怀伤春愁绪。

〔越调〕平湖乐·尧庙秋社

王恽

社坛烟淡散林鸦①，把酒观多稼②。霹雳弦争斗高下。笑喧哗，壤歌亭外山如画③。朝来致有④，西山爽气⑤，不羡日夕佳⑥。

【注释】

①社坛：社日的祭坛。②多稼：指丰收。③壤歌：相传唐尧掌管天下的时候，年过八旬的老人壤父仍耕作不息，人们看见了不无感叹地说：『大哉！帝之德也。』壤父说：『吾日出而作，日入而息，凿井而饮，耕田而食，帝何德于我哉？』此典后被引为对太平盛世的赞颂。④致：尽，极。⑤爽气：清爽之气。⑥日夕佳：陶渊明诗《饮酒》中有『山气日夕佳，飞鸟相与还』。赞颂的是隐居生活的美好与闲适。

【赏析】

此曲写丰年社日民间的喜庆场面。

社坛前的香烟已然淡去，前来啄食祭品的乌鸦也四散飞走，人们开始了欢快的庆祝活动。酒宴摆开，琴声奏响，喧闹之声不绝于耳。作为地方官员，作者并没有缺席这一民间重要活动，他拿着酒杯，满怀喜悦地看着大家尽情欢乐。『笑喧哗，壤歌亭外山如画』不仅写出了当时场面的热闹，更让人联想到唐尧时的太平盛世。『朝来致有，西山爽气』则用好景写出了作者当时的好心情。治世之下，人民安居乐业，作者在感到极大的成就感的同时，更为人民的快乐而快乐，怪不得他说『不羡日夕佳』，其强烈的入世心态因乐民之乐的思想而显得卓然可贵。

〔双调〕寿阳曲·别朱帘秀 卢挚

才欢悦，早间别①，痛煞煞好难割舍。画船儿载将春去也，空留下半江明月。

【注释】

①间别：分别。

【赏析】

朱帘秀此次与作者只聚了一晚，第二天早晨便启程去往别处。作者难以割舍，心中有说不出的分别之痛。朱帘秀在曲中被比喻成春天，作者在曲中自比为『江上明月』，『画船儿载将春去也，空留下半江明月』，是说自己身虽在此，但身心已随伊人远去。

〔双调〕沉醉东风·秋景 卢挚

挂绝壁枯松倒倚，落残霞孤鹜齐飞①。四围不尽山②，一望无穷水。散西风满天秋意。夜静云帆月影低，载我在潇湘画里。

【注释】

①鹜（wù）：野鸭。②不尽山：指山峦起伏不尽。

【赏析】

读罢此曲的前两句，不禁让人联想起《蜀道难》中『枯松倒挂倚绝壁』和《滕王阁序》中的『落霞与孤鹜齐飞』的名句。这本是两个完全不同的景象，一个描写的是蜀道旁绝壁上的奇松，一个描写的是赣江边美丽的晚景，然而今经作者妙手拈来形容秋季舟行于湘水之所见，自是别具一番风情。泛舟绝壁之下，坐看满天飞霞，不尽的山，无穷的水，冷冷的西风，秋光的潇洒迷人堪入图画。而当夜幕降临，月华初上，风止而帆静，月低而影美，徜徉其中的作者如痴如醉，终于情不自禁地发出了游在潇湘画里的赞叹。全曲笔墨洗练，情景交融，意韵悠然，为写秋佳作。

〔双调〕蟾宫曲·邺下怀古

卢挚

笑征西伏枥悲吟①，才鼎足功成，铜爵春深②。敕勒歌残，无愁梦断，明月西沉。算只有韩家昼锦③，对家山辉映来今。乔木空林，几度西风，感慨登临。

【注释】

①征西：概指曹操西征韩遂、马超。实际上《龟虽寿》是曹操平定北方后所作，比之西征要早十年左右。伏枥：曹操《龟虽寿》中有『老骥伏枥，志在千里。烈士暮年，壮心不已』。②铜爵：即铜雀台。唐杜牧《赤壁》中有『东风不与周郎便，铜雀春深锁二乔』。③韩家昼锦：北宋名臣韩琦兼官回归故乡相州时，在其府第修建了昼锦堂，以表明自己不以官高位显为荣的心志。

【赏析】

作者于邺下怀古，自然要对曹操的一生有所评论。他笑曹操刚刚平定一方，天下还处于鼎足三分之势便筑起华丽的铜雀台供享乐之用，忘记了自己曾经的『老骥伏枥，志在千里。烈士暮年，壮心不已』的壮言；笑昔日台上温香软玉已为尘土，高亭大榭尽成丘墟。他将北宋名臣韩琦所建昼锦堂与铜雀台相比较，以昼锦堂世世代代为人们景仰，为一方山水增辉对比铜雀台如今的湮灭无闻，借以表明自己不求名利，只求修身立德，有所贡献于国家的心志。

〔中吕〕喜春来过普天乐 赵岩

琉璃殿暖香浮细①，翡翠帘深卷燕迟。夕阳芳草小亭西，间纳履②，见十二个粉蝶儿飞。一个恋花心，一个搀春意。一个翩翻粉翅，一个乱点罗衣。一个掠草飞，一个穿帘戏。一个赶过杨花西园里睡，一个与游人步步相随。一个拍散晚烟，一个贪欢嫩蕊。那一个与祝英台梦里为期。

【注释】

①琉璃殿：指装饰华丽的厅堂。浮细：飘浮，弥漫。②间：间或，偶尔。纳履：提鞋。

【赏析】

《喜春来》曲讲的是一位怀春少女不愿在闺中闲坐，于夕阳西下时来到园中小亭漫步，看到了十二只翩翩飞舞的蝴蝶。《普天乐》曲则一一描述了这些蝴蝶的姿态：有的落在花心，有的在春风中舞动，有的扑扇着翅膀，有的恋起了少女的罗衣。最让人拍案叫绝的是对第十一只蝴蝶的描写——『那一个与祝英台梦里为期』，巧借梁祝化蝶的故事将第十二只蝴蝶一并带出，同时透露出少女对于永恒美好爱情的向往，实为点睛之笔。

〔中吕〕山坡羊

陈草庵

晨鸡初叫，昏鸦争噪，那个不去红尘闹①？路遥遥，水迢迢，功名尽在长安道②。今日少年明日老。山，依旧好；人，憔悴了。

【注释】

①红尘：闹市的飞尘，借指繁华纷扰的人世。②长安道：指通往京城的道路。

【赏析】

此曲为劝世之作。『晨鸡初叫，昏鸦争噪，那个不去红尘闹』不但写出了人们为追求名利起早贪黑、奔波劳碌的一面，也写出了他们执着盲目、浮躁狂热的心态。路遥遥，水迢迢，挡不住一颗颗痴迷于求取功名、志在侍奉于天子驾下的心；然而时光如过隙之驹，黑发免不了尽染霜华，年少的踌躇满志终究会随着老年的到来而逐渐衰颓，葱茏之青山年年依旧，只是少年心情却会一去不返。针对当时士人们前仆后继，汲汲于富贵功名的现状，作者不无忧虑，他从时空变幻、人生短暂的角度来规劝这些读书人不要过于盲目，把一生都寄托在『长安道』上，以免到头来不但错过了功名，更错过了大自然的美好风光，年轻人应有的多姿多彩的生活。

〔南吕〕四块玉·别情

关汉卿

自送别，心难舍。一点相思几时绝，凭阑袖拂杨花雪。溪又斜，山又遮，人去也。

【赏析】

那点点滴滴的相思，从他走后，便挥之不去，如影随形。在杨花漫天的春日里，她是多少次地凭栏远望，希望能得到那人的音信，看到他的面容。风中伫立时，杨花沾落在衣服上，等到她回过神来想要拂去，已是如雪般的一层。『溪又斜，山又遮，人去也』道的是当初那一程又一程的送别？抑或那『平芜尽处是春山，行人更在春山外』的望眼欲穿？我们不必去追寻究竟，只需知道那是一番刻骨铭心的深情就足够了。

〔南吕〕四块玉·闲适

关汉卿

旧酒投①，新醅泼②，老瓦盆边笑呵呵。共山僧野叟闲吟和。他出一对鸡，我出一个鹅，闲快活。

【注释】

①投：即『酘（dòu）』，酒再酿。②醅（pēi）泼：即『醅酦（pō）』，醅、酦都是未滤过的酒。

【赏析】

旧酒新酒，都是重酿的醇酒，倒在老瓦盆里，大家饮得笑呵呵。曲的一开始，作者就用盛满酒的老瓦盆将看者邀入了欢快惬意的农家宴饮当中。那里有山僧野叟在忘情唱和，有发自肺腑的笑语欢歌，那里没有世俗的心机猜度；平日里的相聚小酌，人们是『你出一对鸡，我出一个鹅』。

〔商调〕梧叶儿·别情

关汉卿

别离易，相见难，何处锁雕鞍①？春将去，人未还。这其间，殃及煞愁眉泪眼②。

【注释】

①雕鞍：有雕饰的马鞍。②殃及：连累。煞：极。

【赏析】

游子与她相约春天归来，而如今春天将去，却不见他的踪影，她不禁满心疑虑。『他为什么样的人或事所牵绊了呢？他是不是另有新欢了呢？』她想。想着想着，眼泪不觉掉了下来。

对镜时，她觉得对不住自己那清秀的眉目，因为自春以来，那蛾眉无时不凝愁，那杏目无日不含泪，它们如今看来已憔悴不堪。

不知道她还要度过多少苦等苦盼的日子，但可以肯定的是，她的原本美丽的容颜必要等到游子归来才能重新焕发出往日的光彩。

〔双调〕沉醉东风

关汉卿

咫尺的天南地北，霎时间月缺花飞。手执着饯行杯，眼阁着别离泪①。刚道得声『保重将息②』，痛煞煞教人舍不得。『好去者前程万里③。』

【注释】

①阁：通『搁』。②将息：休息，调养。③好去者：一路走好，安慰行者的套语。

【赏析】

天南地北的分别已近在咫尺，花好月圆的缠绵也将在霎时间变成月缺花飞。女子手执酒杯，噙着眼泪为爱人饯别，刚忍住悲伤道了声：『你自己多多保重吧。』便已哽咽得再难言语。最后她抬起头来，勉强挤出一丝微笑，说：『一路走好，前程万里。』

〔双调〕碧玉箫 关汉卿

席上樽前，衾枕奈无缘。柳底花边，诗曲已多年。向人前未敢言，自心中祷告天。情意坚，每日空相见。天，甚时节成姻眷？

【赏析】

此曲写一位风尘女子的心事。她暗恋上了某位常来此风月之地消遣的男子，也常为他樽前侑酒，花下伴唱，但却从没有得到过他更深一步的亲近。她想与他结成眷属，却不敢倾吐衷肠，只是在心中向天祷告。对他的情意虽坚，但每日却是与他徒然相见，女子不免幽怨渐生，日渐焦急。情急之下，她终于按捺不住，仰问上天：『天，什么时候才能成就我的这一段姻缘？』

〔南吕〕一枝花·不伏老〔套数〕（节选） 关汉卿

〔尾〕我是个蒸不烂、煮不熟、捶不扁、炒不爆、响当当一粒铜豌豆，恁子弟每谁教你钻入他锄不断、斫不下、解不开、顿不脱、慢腾腾千层锦套头①。我玩的是梁园月②，饮的是东京酒③，赏的是洛阳花④，攀的是章台柳⑤。我也会围棋、会蹴踘、会打围、会插科、会歌舞⑥、会吹弹、会咽作、会吟诗、会双陆⑦。你便是落了我牙、歪了我口、瘸了我腿、折了我手，天赐与我这几般儿歹症候⑧，

尚兀自不肯休⑨。则除是阎王亲自唤，神鬼自来勾，三魂归地府，七魄丧冥幽。天哪，那其间才不向烟花路儿上走⑩。

【注释】

①恁（nèn）：这样，如此。斫（zhuó）：砍。锦套头：指风月场诱人的圈套。②梁园：汉梁孝王所建，是古时著名的游赏宴饮之所。③东京：北宋京城开封。④洛阳花：指洛阳牡丹。⑤章台柳：指代最好的妓女。⑥蹴（cù）踘（jū）：踢球。打围：即打猎。插科：即插科打诨，指滑稽表演。⑦咽作：唱曲。双陆：古时一种博胜负的游戏。⑧歹症候：坏毛病。⑨兀自：犹，仍。⑩烟花路：指风流放荡的生活。

【赏析】

作者在曲中自比为『蒸不烂、煮不熟、捶不扁、炒不爆、响当当一粒铜豌豆』，不但坚韧顽强，而且历经磨难，谙于世故，具有丰富的战斗经验。他无意功名，甘于安身立命在风月场中，以种种世俗认为不登大雅的技艺消遣生活，嬉笑怒骂，我行我素。而『则除是阎王亲自唤，神鬼自来勾，三魂归地府，七魄丧冥幽。天哪，那其间才不向烟花路儿上走』的宣言，无疑是被逼迫者发出的愤世嫉俗的强烈反抗。

〔仙吕〕醉中天·佳人脸上黑痣

白朴

疑是杨妃在①，怎脱马嵬灾②。曾与明皇捧砚来③，美脸风流杀。叵奈挥毫李白，觑着娇态，洒松烟点破桃腮④。

【注释】

①杨妃：指杨贵妃。②马嵬：安史之乱起后，唐玄宗逃往蜀中。车驾行至马嵬驿时，护驾将士因怨恨杨氏兄妹祸国而发生兵变，玄宗被迫将杨贵妃缢死于路旁祠下。③明皇：唐玄宗。④叵（pǒ）奈三句：用杨贵妃捧砚侍奉李白作《清平调》之事。叵奈：无奈。松烟：指墨。古时制墨之法有以松木在火中燃烧产生的烟灰为原料，而后与其他添加剂混合加工而成。

【赏析】

佳人的美貌令人怀疑是杨贵妃尚在，惊叹她如何逃脱了马嵬之灾。传说中她跟随玄宗向李白求诗，手捧砚台在旁边侍候，仪态万方，风流绝代。怎奈那李白，观摹着贵妃的娇态，挥毫起笔，无意间将一点墨汁溅上了她的桃腮。

〔中吕〕阳春曲·题情

白朴

笑将红袖遮银烛，不放才郎夜看书。相偎相抱取欢娱。止不过迭应举①，便及第待何如②。

【注释】

①止：只。迭：及。②何如：怎样。

【赏析】

本以为柔情似水、盈盈含笑的她走来是要为刻苦攻读的才郎打气加油，谁知她却轻起红袖，遮住银烛，不让他再继续于『之乎者也』中苦海行舟；又将他紧紧搂住，带给他无限温存。如此情形，才郎焉能无动于衷，他于是也尽弃课业，与爱人深情相拥，全心享受两情相悦之乐。读书应举，本是为了及第登科，从此走上荣华富贵之路。但即便荣华富贵又能怎样？人生的美好既然现在就可得，为何还非要等到及第登科之后？曲中的男主人公看来深语此理，因而才能说出曲尾的潇洒旷达之言。

〔中吕〕阳春曲·知几

白朴

张良辞汉全身计①，范蠡归湖远害机②。乐山乐水总相宜。君细推，今古几人知。

【注释】

①张良辞汉：张良是西汉开国元勋，但功成后便归隐山林。②范蠡归湖：范蠡辅佐越王勾践灭吴后便洁身远引，泛舟五湖。

【赏析】

张良与范蠡都是以智慧和功成身退而著名的人物，他们虽然是开国元勋，却因为能够及时引退而避免了杀身之祸。张良的归隐山林，范蠡的泛舟五湖，又无形中与《论语》中所说『智者爱水，仁者乐山』相吻合。

作者主张放情山水间，终老林泉下，他循循善诱地劝君仔细推究，从古到今，懂得投入大自然的怀抱从而远离灾祸的有几人，一片警世之意自然流露。

〔双调〕庆东原　白朴

忘忧草[1]，含笑花[2]，劝君闻早冠宜挂[3]。那里也能言陆贾[4]？那里也良谋子牙[5]？那里也豪气张华[6]？千古是非心，一夕渔樵话。

【注释】

①忘忧草：即萱草。据说此草嫩苗可食，食后能使人忘记忧愁。②含笑花：又名含笑梅、香蕉花，生长于南方，花开时宛如含着盈盈笑意，故名。③冠宜挂：『宜挂冠』的倒装，即辞官。④能言陆贾：陆贾是汉初的思想家、政治家。早年随刘邦平定天下，口才极佳，常出使诸侯国。⑤良谋子牙：指姜子牙。⑥张华：范阳方城人，晋武帝时拜中书令，加散骑常侍，力主伐吴，一生多有建树。

【赏析】

忘忧草、含笑花的起兴，带来的不仅是一份清香，更是一种恬淡从容的生活意境。它们仿佛在劝那些宦海中浮沉的人们：早些辞了官，离了那提心吊胆的生活吧。人生一世，有什么能比恬淡无忧的生活更可贵的呢？那能言善辩的陆贾，长于智谋的张良，豪气盖世的张华，如今都在哪里呢？千百年的是非功过，不过是渔父樵夫茶余饭后的谈资罢了。此曲是作者劝世之作，语淡而味浓，其间率性几问，引人深思。

〔双调〕庆东原　白朴

暖日宜乘轿，春风宜试马。恰寒食有二百处秋千架。对人娇杏花，扑人飞柳花，迎人笑桃花。

来往画船边，招飐青旗挂①。

【注释】

①招飐（zhǎn）：通『招展』。青旗：即酒旗。

【赏析】

春气煦暖的日子适宜乘轿，春风吹拂的天气则适合骑马闲游，寒食节前后，处处洋溢着女儿嬉戏秋千的欢笑。杏花娇媚可人，柳花丝丝扑面，桃花含笑迎宾。在这令人陶醉的春日里，游船来来往往，酒旗迎风飘荡。

〔越调〕天净沙·春

白朴

春山暖日和风，阑干楼阁帘栊①。杨柳秋千院中。啼莺舞燕，小桥流水飞红②。

【注释】

①帘栊（lóng）：带帘子的窗户。②飞红：落花。

【赏析】

青翠的山峦，温暖的阳光，和煦的东风。精巧的栏杆楼阁，被风卷动的帘栊。杨柳环绕的庭院里，秋千轻摆，莺啼燕舞；小桥下流水潺潺，漂走了落花片片。

〔越调〕天净沙·秋

白朴

孤村落日残霞，轻烟老树寒鸦。一点飞鸿影下①。青山绿水，白草红叶黄花。

【注释】

①飞鸿：高飞的大雁。

【赏析】

此曲题面为『秋』，实写秋日暮景。孤零零的村落，落日与残霞，袅袅炊烟，栖于老树的寒鸦，这些景物着意渲染秋日黄昏的萧索凄清。『一点飞鸿影下』为清冷的画面带来了活力，造成曲子抒发情感的转移。作者继而用青、绿、白、红、黄五种颜色，由远及近，由高到低，立体地描绘出多姿多彩、绚烂明丽的秋日景象，给人以不尽的遐想，使整个画面充满了诗意。

〔正宫〕黑漆弩

姚燧

吴子寿席上赋。丁亥中秋遐观堂对月，客有歌《黑漆弩》者，余嫌其与月不相涉，故改赋呈雪崖使君。

青冥风露乘鸾女①，似怪我白发如许。问姮娥不嫁空留②，好在朱颜千古③。笑停云老子人豪④，过信少陵诗语⑤。更何消斫桂婆娑，早已有吴刚挥斧⑥。

【注释】

①青冥：青天。乘鸾女：仙女，指嫦娥。②姮（héng）娥：即月中仙女嫦娥。③朱颜：红润的面庞，指青春。④停云：陶渊明《停云》诗自序中有『停云，思亲友也。樽湛新醪，园列初荣，愿言不从，叹息

弥襟』。⑤少陵诗语：杜甫《秋述》诗前小序中有『秋，杜子卧病。长安旅次，多雨生鱼，青苔及榻。常时车马之客，旧，雨来，今，雨不来』。以上两句是在笑前人误认为世间极少有不分贵贱的纯真友谊，暗示自己就有这样的朋友。⑥吴刚：传说他学仙有过，罚在月宫伐桂。

【赏析】

此曲由辛弃疾《太常引·建康中秋为吕书潜赋》翻出，但其主题却与辛词的忧国伤时之思有所不同，表现的是作者的对月闲情。曲中戏言嫦娥身世，搬弄古人次序，更将辛词中『斫去桂婆娑，人道是、清光更多』的名句以反语唱出，句句诙谐，语语幽默，可说是一篇妙趣横生的游戏文字。

〔中吕〕醉高歌·感怀

姚燧

十年燕月歌声，几点吴霜鬓影。西风吹起鲈鱼兴①，已在桑榆暮景②。

【注释】

①鲈鱼兴：晋人张翰在洛阳做官时，因见秋风起，乃思吴中菰菜、莼羹、鲈鱼脍，曰：『人生贵得适志，何能羁官数千里以要名爵乎？』遂命驾而归。②桑榆暮景：原指日落时余光照在桑树和榆树顶梢时的景象，此喻年老。

【赏析】

作者做了十几年京官，到了六十多岁却被派往江东任职，心情因而不是十分愉快。功名仕路对于人的束缚，他因在京时沉浸于潇洒风流的生活中而感觉并不十分明显，此次远赴他乡，方才感到人之已老，贵在能够适志，功名虽好，但却是成就心愿的牵绊。他于是有了辞官引退之想，才有了『已在桑榆暮景』的顾影自怜。

〔越调〕凭阑人·寄征衣　姚燧

欲寄君衣君不还，不寄君衣君又寒。寄与不寄间，妾身千万难①。

【注释】

①妾身：古代女子自称。

【赏析】

小令写一位思妇两难的境地：天气凉了，想要给边关丈夫寄去御寒的衣服吧，但又怕他身上温暖便淡忘了早思归计；不寄吧，又怕他挨冻受寒。寄与不寄之间，难倒了女主人公。其实，征衣的寄与不寄，征人的还与不还，二者之间并没有直接联系。女子作此天真之想，都是因为情到痴处使然。

〔正宫〕黑漆弩·村居遣兴　刘敏中

长巾阔领深村住，不识我唤作伧父①。掩白沙翠竹柴门，听彻秋来夜雨。闲将得失思量，往事水流东去。便宜教画却凌烟②，甚是功名了处？

【注释】

①伧（cāng）父：粗野、鄙贱之人。②便（pián）宜：轻易得到之意。画却凌烟：画像于凌烟阁之上。凌烟：凌烟阁。唐太宗曾命人在凌烟阁上画了长孙无忌、魏徵等二十四位开国功臣的画像，以示嘉奖。

【赏析】

刘敏中因忠直被迫辞官，归乡隐居。他衣冠简朴，被视为『伧父』而不怪，白沙翠竹无心赏，只彻夜听秋雨。思量得失，作者怅然问道：『即使轻易凌烟阁上题名，难道就是毕生功名有成了吗？』这一问是全曲的曲眼，表现了作者对功名利禄的蔑视，隐含着对现实的不满。

〔南吕〕金字经

马致远

夜来西风里，九天雕鹗飞①。困煞中原一布衣。悲，故人知未知？登楼意②，恨无上天梯。

【注释】

①九天：极言天空高远。雕鹗（è）：泛指鹰一类的猛禽。②登楼意：王粲投靠刘表，不得用，乃作《登楼赋》抒发去国怀乡之感。

【赏析】

雕鹗借助风力可扶摇而上九天，而作者空怀抱负、长期沉抑下僚却始终未能得到送上青云的助力，心中焉能不百般困惑？人于困厄之时最思乡土故人的温暖，于学成待价之时最思展才伸志的康庄大道，但此二者作者皆不能得，故有此曲中对于悲恨的哀哀之诉。

〔南吕〕金字经·樵隐

马致远

担挑山头月，斧磨石上苔。且做樵夫隐去来①。柴！买臣安在哉②？空岩外，老了栋梁材。

【注释】

①来：语助词。②买臣：即朱买臣。他出身贫寒，靠打柴卖薪度日，但酷爱读书。后来因为才学出众而得到汉武帝的赏识，出任为会稽郡太守。

【赏析】

『担挑山头月，斧磨石上苔』，这种周而复始的平淡生活消磨掉了多少岁月，而同样做过樵夫的朱买臣却能得到脱颖而出的机会，在汉武帝面前谈经说史、评论古今，最终出任一方大员。身为栋梁之才，却空老死山林岩穴之间，不被赏识，不能施展，可见这『且做樵夫隐去来』中包含了几多叹息几多不甘。

〔南吕〕四块玉·紫芝路

马致远

雁北飞，人北望，抛闪煞明妃也汉君王①。小单于把盏呀剌剌唱②。青草畔有收酪牛③，黑河边有扇尾羊④。他只是思故乡。

【注释】

①明妃：即王昭君。②呀剌剌（là）：象声词。③收酪牛：奶牛。④黑河：在今呼和浩特市南，河畔有昭君墓。

【赏析】

倾国倾城的昭君当年因为画工的丑化而遭到皇帝的冷遇，于宫廷之中埋没了许久，直到她自告奋勇远嫁匈奴才得以瞻见龙颜。她从此一去不返，留给了汉元帝许多的懊恼；她从此扎根于塞外草原，那无端抱得美人归的单于因而笑得合不拢嘴，快乐地哼起了小曲。草原青青，时光荏苒，不变的是成群乐得其所的牛羊，它们悠闲地吃草，悠闲地饮水；不变的还有昭君思念故乡的心，生前反映在她秋水盈盈的眼睛里，死后便和埋葬她的青冢一道，守望在面朝家乡的方向。

〔双调〕寿阳曲·远浦帆归

马致远

夕阳下，酒旆闲①，两三航未曾着岸②。落花水香茅舍晚，断桥头卖鱼人散。

【注释】

①酒旆：即酒幌子。②航：指代渔船。

【赏析】

夕阳西下，酒旗闲挂，广阔的江面上有几点归帆悠游驶来。翩翩落花飘洒在盈盈流水之中，流水也飘出落花的芳香。天色渐晚，断桥桥头买卖河鲜的人群已经散去。这首小令描写的是江村晚景，语言清新婉转，写景俨然类画，生动写出了江南小渔村安闲恬静的景色与生活。

〔双调〕清江引·野兴

马致远

西村日长人事少[1]，一个新蝉噪。恰待葵花开，又早蜂儿闹。高枕上梦随蝶去了[2]。

【注释】

①日长：指长长的夏日。②梦随蝶：《庄子·齐物论》说庄周梦见自己化成蝴蝶，翩翩而飞，竟然忘记了自己是庄周。此处作者引来形容自己进入梦乡。

【赏析】

闲居西村，长长的白天，很少的交际，一个新蝉在树上聒噪。葵花正在开放，蜜蜂也来喧闹。作者高枕而卧，梦魂随蝶飘去了。此曲写村野闲居之乐，生动谐趣，恬淡自然，可感作者洒脱闲适、超然世外的情怀。

〔南吕〕四块玉·浔阳江

马致远

送客时，秋江冷，商女琵琶断肠声[1]。可知道司马和愁听[2]。月又明，酒又醒[3]，客乍醒。

【注释】

①商女：靠出卖色艺为生的妓女。②司马：《琵琶行》中有『座中泣下谁最多，江州司马青衫湿』。此处是作者自况。③醒（chéng）：即酒醉、病酒之意。

【赏析】

浔阳江头夜，瑟瑟秋风寒。怀着依依惜别的深情与客对饮，听着令人肠断的琵琶曲。此情此景，让人很容易联想到白居易所写的《琵琶行》。一句『可知道司马和愁听』，扣合的又肯定是当年江州司马白居易『同是天涯沦落人』的悲慨。

月光重新明亮了起来，作者却陷入了借酒浇愁后更深重的愁苦中。这时候，客人从酒醉中醒来，就要登船上路了……

〔双调〕拨不断

马致远

立峰峦，脱簪冠，夕阳倒影松阴乱。太液澄虚月影宽①，海风汗漫云霞断②。醉眠时小童休唤。

【注释】

①太液：池名，此借指天空清明辽阔的样子。②汗漫：漫无边际。

【赏析】

置身于峰峦之上，解去了簪冠的束缚，在散乱的松荫里饮酒、看夕阳。待到长风吹走了云霞，清澄的天空中出现了饱满的明月，自己也已经酣醉，那便就地而眠，并且嘱咐小童不要唤起。隐者生活的悠闲惬意，隐者心境的空明自在，尽在此曲清新淡雅的几行语句当中。

〔双调〕蟾宫曲·叹世

马致远

咸阳百二山河①，两字功名，几阵干戈。项废东吴②，刘兴西蜀③，梦说南柯。韩信功兀的般证果④？蒯通言那里是风魔⑤？成也萧何，败也萧何⑥，醉了由他。

【注释】

①百二山河：极言山河之险固。②项废东吴：指项羽兵败。项羽起兵吴中，率八千子弟兵逐鹿天下。及至兵败乌江，吴中子弟已无一人生还。③刘兴西蜀：指刘邦以巴蜀之地为根基，逐步统一天下。④兀的：怎的。证果：结果。⑤蒯通：即蒯彻。他是韩信幕下谋士，曾劝韩信起兵反叛刘邦，自己统一天下。⑥成也萧何，败也萧何：指当初举荐韩信的是萧何，后来助吕后设计杀韩信的也是萧何。

【赏析】

此曲通过列举一个个历史故事来表达作者对古往今来为功名奔波劳碌、争斗厮杀者的叹惋之情，对人情翻云覆雨。仕途险恶多灾的嘲弄之情，以及自己放任自适、不与世事的超脱情怀。

〔越调〕天净沙·秋思

马致远

枯藤老树昏鸦①，小桥流水人家。古道西风瘦马②。夕阳西下，断肠人在天涯。

【注释】

①昏鸦：黄昏归巢的乌鸦。②古道：古老的驿道。

【赏析】

一边是『枯藤老树昏鸦』的凄凉景色，一边是『小桥流水人家』的温煦氛围，而当骑在瘦马上的游子从荒郊古道上憔悴而来，两般景物分别代表的眼下境况与思归情绪便已分明。

境遇如此凄凉，归心更加强烈，夕阳西下时，游子肠断，独立天涯……

〔双调〕夜行船·秋思〔套数〕（节选）

马致远

百岁光阴一梦蝶①，重回首往事堪嗟。今日春来，明朝花谢，急罚盏夜阑灯灭②。

〔乔木查〕想秦宫汉阙，都做了衰草牛羊野。不恁么渔樵没话说。纵荒坟横断碑，不辨龙蛇③。

〔庆宣和〕投至狐踪与兔穴④，多少豪杰。鼎足虽坚半腰里折⑤，魏耶？晋耶？

〔落梅风〕天教你富，莫太奢，没多时好天良夜。富家儿更做道你心似铁⑥，争辜负了锦堂风月⑦。

〔风入松〕眼前红日又西斜，疾似下坡车。不争镜里添白雪，上床与鞋履相别⑧。休笑巢鸠计拙⑨，葫芦提一向装呆⑩。

〔拨不断〕利名竭，是非绝。红尘不向门前惹，绿树偏宜屋角遮，青山正补墙头缺；更那堪竹篱茅舍。

〔离亭宴煞〕蛩吟罢一觉才宁贴⑪，鸡鸣时万事无休歇。何年是彻？看密匝匝蚁排兵，乱纷纷蜂酿蜜，急攘攘蝇争血。裴公绿野堂⑫，陶令白莲社⑬。爱秋来时那些：和露摘黄花，带霜烹紫蟹，煮酒烧红叶。想人生有限杯，浑几个重阳节？人问我顽童记者⑭：便北海探吾来⑮，道东篱醉了也！

【注释】

①梦蝶：用庄周梦蝶典，喻时光荏苒恍如一梦。②罚盏：罚酒。夜阑：夜深。③龙蛇：指墓碑上的字迹。④狐踪与兔穴：指墓地已成为狐兔出没安家的地方。⑤鼎足：指三国时魏、蜀、吴三国鼎立。⑥更做道：即便是，即使是。⑦锦堂：泛指华丽的住宅。风月：清风明月。⑧上床句：喻死去，意谓鞋脱下来就再也

穿不上了。⑨巢鸠计拙：相传斑鸠性拙，不善筑巢，常借鹊巢而居之。⑩葫芦提：糊涂。⑪蛩（qióng）：蟋蟀。宁贴：安稳，舒适。⑫裴公：指唐代杰出政治家裴度，他晚年于洛阳府第中筑『绿野堂』，退官隐居。⑬白莲社：晋代名僧慧远发起，曾邀陶渊明参加。⑭记者：记着。⑮北海：东汉末的北海太守孔融，生性好客，常常是宾客盈门。此处是作者自指所居之地。

【赏析】

此曲是元代散曲的名篇，更是马致远散曲的代表作。起首感慨光阴如梭，人生如梦，往事堪叹。继而细数俗世沧桑：『秦宫汉阙』变成了『衰草牛羊野』，豪杰墓上遍布了『狐踪与兔穴』，三国鼎立半腰里折，如今的人们更忘了魏晋之际的纷杂往事。既然事业功名终是过眼烟云，作者劝人莫要吝惜钱财，辜负了本来不多的好天良夜。他再谈光阴似箭，人生无常，推崇难得糊涂、淡泊功名、远离是非的生活态度，冷眼看那『蚁排兵』『蜂酿蜜』『蝇争血』似的经营与纷争，极力赞颂归隐田园后『摘黄花』『烹紫蟹』『烧红叶』的悠然自得生活。结尾叹喟人生有限、良辰无多，决意切断尘缘，杜门谢客，从此徜徉在酒乡梦境之中。

〔仙吕〕后庭花

赵孟頫

清溪一叶舟，芙蓉两岸秋①。采菱谁家女，歌声起暮鸥。乱云愁，满头风雨，戴荷叶归去休②。

【注释】

①芙蓉：指木芙蓉。②休：语助词。

【赏析】

清清的溪流，荡漾着一叶小舟，美丽的木芙蓉，点缀着两岸的清秋。谁家的采菱姑娘，唱起婉转悠扬的采菱歌，歌声惊起了暮色中的水鸥。乱云堆积，忽而风雨骤起，采菱姑娘头戴荷叶，心意急切地向回奔走。

〔中吕〕十二月过尧民歌·别情

王实甫

自别后遥山隐隐，更那堪远水粼粼①。见杨柳飞绵滚滚②，对桃花醉脸醺醺。透内阁香风阵阵③，掩重门暮雨纷纷。怕黄昏忽地又黄昏，不销魂怎地不销魂。新啼痕压旧啼痕，断肠人忆断肠人。今春，香肌瘦几分？缕带宽三寸④。

【注释】

①粼（lín）粼：形容水流清澈的样子。②飞绵：即柳絮。③内阁：指闺房。④缕带：即腰带。

【赏析】

自别后，常常顺着你走时的方向远望，群山隐隐，更有远水粼粼，让人不胜忧伤。春天来时，柳絮纷飞，桃花红艳如醉，然而不论是晴日香风阵阵的闺阁内，还是阴时暮雨纷纷的深院中，我总是孤孤单单。害怕黄昏到来，但它总来得如此快，不愿忧伤，但却不能自已地忧伤起来；旧泪不曾干，新泪又落下。你在旅途中凄凉，我在守候中肠断，这春天来时，我的肌体瘦了几分，衣带宽了三寸。

〔中吕〕普天乐

滕宾

柳丝柔，莎茵细[1]。数枝红杏，闹出墙围。院宇深，秋千系。好雨初晴东郊媚，看儿孙月下扶犁。黄尘意外[2]，青山眼里，归去来兮[3]。

【注释】

①莎（suō）：即莎草，地下的块根称『香附子』。②黄尘：指纷扰繁杂的人世。意外：不放心上。③归去来兮：陶渊明弃官归隐，曾作《归去来兮辞》。

【赏析】

柳枝柔软，芳草纤嫩，红杏枝头呈现出一派热闹喜人的春意；深静的庭院里，闲挂着女子游戏的秋千。春光旖旎，既妩媚多姿又不失娴雅风致，的确让人陶醉。一场春雨过后，作者前往城东郊野去感受雨后初晴的清新与明媚，他面对青山放飞心情，在月下看儿孙们扶犁种田，超然世外，一身清爽。曲以『归去来兮』收尾，那首千百年来一直被奉为隐者之歌的《归去来兮辞》，看来正可以表达作者的心志。

〔正宫〕叨叨令·道情

邓玉宾

想这堆金积玉平生害，男婚女嫁风流债。鬓边霜头上雪是阎王怪，求功名贪富贵今何在？您省的也么哥[1]，您省的也么哥？寻个主人翁早把茅庵盖。

【注释】

①省（xǐng）的：省得，即醒悟。也么哥：语助词，无义。

【赏析】

在作者看来，『堆金积玉』是害，『男婚女嫁』是债，『求功名贪富贵』到头来只落得『鬓边霜头上雪』，被阎王责怪，还不如隐身山林茅庵，摒弃财色诱惑，归真返璞，求得一生的平安。

〔正宫〕鹦鹉曲·赤壁怀古

冯子振

茅庐诸葛亲曾住，早赚出抱膝梁父①。笑谈间汉鼎三分②，不记得南阳耕雨③。叹西风卷尽豪华，往事大江东去。彻如今话说渔樵④，算也是英雄了处。

【注释】

①梁父：即《梁父吟》，相传诸葛亮生前最喜吟此曲。②汉鼎：鼎在古代是国家重器，象征着帝业，汉鼎即指汉家天下。三分：指魏、蜀、吴三分天下。诸葛亮未出茅庐之前便预言了天下三分的局面。③南阳：诸葛亮出山之前隐居于襄阳城西的隆中。④彻：直至。

【赏析】

三顾茅庐的故事历来为人们所传颂，诸葛亮对于蜀汉的『鞠躬尽瘁，死而后已』也让世代的为人臣者泪洒衣襟，然而作者却对这些另有看法。他把刘备三顾茅庐请诸葛称为『赚』，强调此举的『诓骗』味道，他对诸葛亮一心用世颇有微词，惋惜其忘记了从前『南阳耕雨』的自在闲雅。后四句慨叹历史上的英雄豪杰、丰功伟业，到如今都如风卷残云、大江东去，成了渔父樵夫闲谈的话题。文章宣扬功名如土、世事如梦，反映出作者的虚无主义思想。其排斥一切功业、极力推崇隐逸生活的背后，蕴藏的实际上是深深的不平之气。

〔双调〕寿阳曲·答卢疏斋 朱帘秀

山无数，烟万缕，憔悴煞玉堂人物①。倚篷窗一身儿活受苦②，恨不得随大江东去。

【注释】

①玉堂人物：指卢挚。宋以后翰林院也称玉堂，卢挚曾任翰林学士，故称。②篷窗：船窗。

【赏析】

『山无数，烟万缕，憔悴煞玉堂人物』，与卢挚相隔遥远的朱帘秀在看过他那『空留下半江明月后』的词句后深为感动，她好像看到了卢挚那因为相思而变得憔悴的面容，心中早已是柔情无限。但她继而清醒地意识到，自己只是一个青楼女子，过着漂泊不定、饱受煎熬的非常生活，虽有不负相思意的心思，却没有终成眷属的可能，更不知这卖艺卖笑的痛苦生活何时才能结束。悲伤之下，她恨不得投入江中，随大江东去，从此了却尘缘，脱离苦海。

〔正宫〕塞鸿秋·代人作 贯云石

战西风几点宾鸿至①，感起我南朝千古伤心事。展花笺欲写几句知心事②，空教我停霜毫半晌无才思③。往常得兴时，一扫无瑕疵④。今日个病恹恹刚写下两个相思字⑤。

【注释】

①战：通『颤』，发抖。宾鸿：指依节气而南来北往行如宾客的大雁。②花笺（jiān）：精美的信纸。

③霜毫：指毛笔。④一扫：一挥而就。瑕疵（cī）：原指玉器上的斑点，此借指作品的缺陷。⑤病恹（yān）恹：精神萎靡不振的样子。

【赏析】

大雁南飞感起了作者的『南朝千古伤心事』。何谓『南朝千古伤心』？盖指庾信之人已去，而其羁滞他乡的境遇，思念故土的苦情，千载之下又在自己身上重演。作者展开花样信纸，想为家中爱人写上几句知心的话语，哪知执笔多时却没有才思。平日兴致来时，他写诗作文都能一挥而就，而眼下却是万语千言无从谈起。离别太久，别情太浓，自然难寻文字以为承载，恹恹半日，他只写下『相思』二字。

红绣鞋·痛饮

贯云石

东村醉西村依旧，今日醒来日扶头。直吃得海枯石烂恁时休①。将屠龙剑、钓鳌钩，遇知音都去做酒。

【注释】

①恁（nèn）时：那时。

【赏析】

作者似乎是个完完全全的酒徒，他走东村串西村都只为酒，『醒来日扶头』之后还要『吃得海枯石烂』才肯罢休。宝中之宝的『屠龙剑』『钓鳌钩』对他来讲毫无意义，当遇到知音时不惜全去换了酒。人之所以痛饮，常因心中有块垒梗塞，而作者痛饮至此，足见其颓放背后实是另有隐衷。

〔双调〕蟾宫曲·送春　贯云石

问东君何处天涯①?落日啼鹃,流水落花。淡淡遥山,萋萋芳草,隐隐残霞。随柳絮吹归那答?趁游丝惹在谁家②?倦理琵琶,人倚秋千,月照窗纱。

【注释】

①东君:春神。②趁:追逐。惹:沾落。

【赏析】

问起春天归于天涯何处,落日中听杜鹃,看落花随流水,遥望淡淡远山、萋萋芳草、隐隐残霞。情不自禁地再问道春天你到底去了何处,你由柳絮相伴,与游丝共舞,飞到了这个世界的什么地方?但没有回应,她心不在焉地调试着琵琶,或是倚着秋千凝神伫立,人归院静时,月光洒满了她的窗纱。

〔双调〕清江引·惜别　贯云石

若还与他相见时,道个真传示:不是不修书,不是无才思,绕清江买不得天样纸!

【赏析】

如果非得用天一样的纸才能将一种情思写尽,那么这种情思必然是深广无边的。作者托人带话给自己的远方爱人说:『不是我不写信,我也并不是没有话说,只是我绕遍了清江,也找不出像天一样的纸。』那么他对她的情感与思念,自然也是深厚得无法衡量的。

〔双调〕殿前欢

贯云石

怕秋来，怕秋来秋绪感秋怀。扫空阶落叶西风外。独立苍苔，看黄花谩自开。人安在？还不彻相思债[1]。朝云暮雨，都变了梦里阳台[2]。

【注释】

①彻：清。②阳台：楚襄王与巫山女神欢会的地方。

【赏析】

此曲写的就是一位思妇被秋天的到来触动的愁怀。女子害怕秋天的到来，因为悲秋的情绪随之而来，也将触动她秋天里对离人加倍的思念。一阵阵秋风吹来，扫净了台阶上的落叶，她独立苍苔，看菊花谩自盛开。

问起『他在哪里』，今生今世，还不完这相思情债。女子回味着从前的云情雨意，伤叹与他的一切都变做了梦里阳台。

〔双调〕折桂令·卢沟晓月

鲜于必仁

出都门鞭影摇红[1]。山色空濛[2]，林景玲珑。桥俯危波[3]，车通远塞[4]，栏依长空。起宿霭千寻卧龙[5]，掣流云万丈垂虹。路杳疏钟，似蚁行人，如步蟾宫[6]。

【注释】

①鞭影摇红：形容鞭上的红缨在挥动时划出道道红影。②空濛（méng）：细雨迷茫的样子。③危波：

汹涌的波涛。④远塞：远方的关塞。⑤宿霭：隔夜的云雾。千寻：形容极长。古以八尺为一寻。⑥蟾宫：即月宫。

【赏析】

『卢沟晓月』是『燕京八景』之一，此曲正好让我们得以领略其风貌。当日的卢沟桥是出入京都的门户，每天拂晓，不等天光大亮，桥上便已有了熙熙攘攘的行人车马，因为在昼夜交替之际，月亮的余光在这里是最明亮的。『卢沟晓月』不仅因为月光而声名远播，还因为卢沟桥美丽恢宏的姿态，以及远山、近水、玲珑树影、茫茫晨曦、蒙蒙朝雾共同构成的迷人景象，而这一首曲，便将此般种种写得惟妙惟肖，宛然若见。

〔中吕〕朱履曲·警世　张养浩

才上马齐声儿喝道①，只这的便是送了人的根苗②。直引到深坑里恰心焦③。祸来也何处躲？天怒也怎生饶④？把旧来时威风不见了。

【注释】

①喝道：古代官吏出行，前面有开道的仆从，呼喊着让行人回避。②这的：这个。送：葬送。根苗：起因，原因。③恰：才。④怎生：怎样。

【赏析】

一朝得志，便开始肆意炫耀、作威作福，得意忘形之下，他又怎会想到今日的富贵荣华中实已是祸端暗藏？直至有朝一日祸到临头，他才发现自己是积重难返，焦急得俨如热锅上的蚂蚁，早没了往日的威风。

此曲旨在劝诫人们任何时候都不要忘乎所以，告诉人们官场的险恶情形，语重心长，发人深省。

〔中吕〕山坡羊·潼关怀古

张养浩

峰峦如聚，波涛如怒，山河表里潼关路①。望西都②，意踌蹰③。伤心秦汉经行处，宫阙万间都做了土。兴，百姓苦！亡，百姓苦！

【注释】

①山河表里：指潼关西近华山，北据黄河，形势非常险要。②西都：指长安（今西安）。③踌蹰（chú）：此指思绪起伏。

【赏析】

来到潼关，群峰如聚，波涛如怒，形势十分险要。作者遥望古都长安，心潮起伏，感慨万千。他感慨华丽恢宏的秦宫汉阙都已灰飞烟灭，感慨眼前赤地千里、饥民遍野的凄惨景象，并由此而引发悲叹。悲叹并非为霸秦强汉转眼焦土，而是因为无论怎样改朝换代，百姓却总要罹难受苦。

〔中吕〕最高歌兼喜春来

张养浩

诗磨的剔透玲珑，酒灌的痴呆懵懂①。高车大纛成何用②，一部笙歌断送。金波潋滟浮银瓮③，翠袖殷勤捧玉钟④。对一缕绿杨烟，看一弯梨花月，卧一枕海棠风。似这般闲受用⑤，再谁想丞相府帝王宫？

【注释】

①懵（měng）懂：头脑不清楚。②大纛（dào）：大旗。③金波：指美酒。潋（liàn）滟（yàn）：形容水盈溢的样子。④玉钟：精美的酒盅。⑤闲受用：随意地享受。

【赏析】

诗琢磨锤炼得玲珑剔透，酒要喝到痴呆懵懂。纵然高车大旗又有何用？最后不过为一部送殡之歌所打发。佳人在侧，作者手持着酒光荡漾的银杯『对一缕绿杨烟，看一弯梨花月，卧一枕海棠风』。陶醉在这样散诞闲适的生活里，他对仕途功名的惦念自然而然地淡化无踪。

〔双调〕雁儿落兼得胜令·退隐

张养浩

云来山更佳，云去山如画。山因云晦明①，云共山高下。倚杖立云沙，回首见山家。野鹿眠山草，山猿戏野花。云霞，我爱山无价。看时行踏②，云山也爱咱③。

【注释】

①晦：昏暗。②行踏：往来走动。③咱（zá）：我。

【赏析】

饱览了宦海风云、人生艰难的张养浩回到了云山的怀抱。他喜欢观赏云与山互相映衬而又各具风致的美丽，喜欢伫立在云彩环绕的沙丘，回看山间的人家，看野鹿在山草丛中酣睡，看山猿嬉戏在山花之间。张养浩对云霞说：我喜爱这山色无价，会选择好时光来这里漫游行踏。他也感到云山温柔的回应，感到云与山也深深地喜爱着自己。

〔双调〕水仙子·咏江南　张养浩

一江烟水照晴岚①，两岸人家接画檐。芰荷丛一段秋光淡②。看沙鸥舞再三，卷香风十里珠帘③。画船儿天边至，酒旗儿风外飐④，爱杀江南！

【注释】

①岚：山林中的雾气。②芰（jì）荷：出水的荷。③卷香风句：化用唐杜牧诗《赠别》中『春风十里扬州路，卷上珠帘总不如』句意。④飐（zhǎn）：随风飘动。

【赏析】

江南如画的景色和柔美的女子从来都让文人们为之魂牵梦绕，作者生长在北国，此次来到江南，当地的种种风物人情自然让他大开眼界。本来，对于秋之清爽怡人的了解，作者是并不缺乏的，但此地所以能让他为之陶醉并感叹不已，都是因为江南秋色在清爽怡人中又多了旖旎的风姿，温暖的人情味，少了些寒冷萧瑟。看着从天边驶来的小舟，让心情随着风中的酒旗一同舒展，摇摆，这时候，作者感觉到从未有过的畅快和惬意，他不由得满怀热情地自言自语道：『爱杀江南！』

〔双调〕折桂令·中秋　张养浩

一轮飞镜谁磨①？照彻乾坤，印透山河。玉露泠泠②，洗秋空银汉无波。比常夜清光更多，尽无碍桂影婆娑③。老子高歌，为问嫦娥：良夜恹恹④，不醉如何？

【注释】

①飞镜：喻月亮。②泠泠：形容清凉的样子。③桂影：古时传说月中有桂树和宫阙，故古人认为月中的暗影是它们的影子。④恹（yān）恹：精神不振貌。

【赏析】

中秋之夜，玉露泠泠，秋空如洗，银河无波。明亮的月光把大地山河都照个透彻，月中桂影清晰可见，更反衬出月光的澄澈。如此美好的夜色，作者胸怀尽敞，畅快非常，他放情高歌，问询嫦娥：长夜寂寂，不醉如何？

〔双调〕沉醉东风

张养浩

班定远飘零玉关①，楚灵均憔悴江干②。李斯有黄犬悲③，陆机有华亭叹④，张柬之老来遭难⑤。把个苏子瞻长流了四五番⑥。因此上功名意懒。

【注释】

①班定远：即班超，封定远侯。他壮年时出镇西域，年老后思归心切，曾上奏章说：『臣不敢望到酒泉郡，但愿生入玉门关。』玉关：玉门关。②楚灵均：即屈原，字灵均。秦破楚都郢后，他怀着亡国的悲痛，在汨罗江怀石投江。③李斯：秦丞相，遭谗被杀。临刑前，他懊悔地对儿子说：『吾欲与汝复牵黄犬俱出上蔡东门逐狡兔，岂可得乎？』④陆机：西晋文学家，遭谗被杀，死前有『华亭鹤唳』之叹。⑤张柬之：

唐武则天时宰相，老年时受武则天侄儿武三思排挤，贬官后愤疾而死。⑥苏子瞻：即苏轼，他因受党争牵连，大半生处于贬谪、流放当中。

【赏析】

此曲一气列举了六位历史人物的仕途悲剧，援古证今，旨在说明仕途险恶，自己对追求功名已是心灰意懒。

〔南吕〕一枝花·咏喜雨〔套数〕

张养浩

用尽我为国为民心，祈下些值玉值金雨。数年空盼望，一旦遂沾濡①，唤省焦枯②。喜万象春如故，恨流民尚在途。留不住都弃业抛家，当不的也离乡背土③。

恨不得把野草翻腾做菽粟④，澄河沙都变化做金珠⑤。直使千门万户家豪富，我也不枉了受天禄⑥。眼觑着灾伤教我没是处⑦，只落的雪满头颅⑧。

青天多谢相扶助，赤子从今罢叹吁⑨。只愿的三日霖霪不停住⑩。便下当街上似五湖，都淹了九衢⑪，犹自洗不尽从前受过的苦。

【注释】

①沾濡（rú）：沾湿，浸湿。②省：醒。③当不的：挡不住。④菽（shū）粟：泛指粮食。⑤澄：洗净。⑥天禄：指朝廷的俸禄。⑦觑（qù）：瞧、看。没是处：没办法。⑧雪：指白发。⑨赤子：老百姓。⑩霖霪（yín）：连绵的大雨。⑪九衢：四通八达的道路。

【赏析】

起首两句『用尽我为国为民心，祈下些值金值玉雨』，是作者心愿与作为的真实写照。大旱几年，终于盼来降雨，万物复苏，灾情得到缓解。但作者仍旧心事重重，因为百姓还在颠沛流离、背井离乡之中。他『恨不得把野草翻腾做菽粟，澄河沙都化做金珠，直使千门万户家豪富』，希望天下苍生都能丰衣足食、安居乐业，但力量有限，所以一筹莫展，无奈伤叹。所幸雨来，作者祈祷甘霖三日不住，灌溉那干涸的大地，抚慰受苦的生灵；但他知道，即便大雨滂沱，也冲刷不去广大民众心底的创伤。

〔正宫〕鹦鹉曲·渔父

白贲

侬家鹦鹉洲边住①，是个不识字渔父。浪花中一叶扁舟，睡煞江南烟雨②。觉来时满眼青山③，抖擞绿蓑归去。算从前错怨天公，甚也有安排我处④。

【注释】

①侬（nóng）家：我家。鹦鹉洲：在湖北汉阳区西南长江中。②睡煞：沉睡不醒。③觉来时：醒来时。④甚：实在。

【赏析】

作者在此曲中以渔父自居，抒写了隐逸生活的舒放与惬意。这位渔父住在芳草萋萋的鹦鹉洲头，驾渔舟出没在滔滔浪里。他在江南蒙蒙的烟雨中酣然入梦，醒来时观赏天晴后满眼的青山。他抖抖蓑衣上的雨珠踏上归程，不再怨天尤人，而是用心享受上天为自己安排的绝佳归宿。

〔正宫〕塞鸿秋

郑光祖

雨余梨雪开香玉，风和柳线摇新绿①。日融桃锦堆红树②，烟迷苔色铺青褥。王维旧画图，杜甫新诗句。怎相逢不饮空归去？

【注释】

①柳线：柳枝。②日融：阳光温暖和煦。桃锦：桃花烂漫如锦。

【赏析】

此曲描绘春日郊外的景色。作者以铺叙笔法展现初春原野的迷人景象：雪白的梨花在雨后绽放，柔嫩的柳枝在风中摇曳，如锦的桃花开满了枝头，青青苔色与烟光融在一起。春天的美丽让作者无法再用详尽的语言来描绘，他只能用『王维旧画图，杜甫新诗句』来加以概括。王维是公认的绘画大师，他的画『画思入神』，极具感染力；杜甫是千古诗圣，其诗写景以『清词丽句』著称。王维画，杜甫诗，可想而知，景色到了绝佳的境界。尾句『怎相逢不饮空归去』与前面的铺排相比，显得有些突兀，但这正是作者对于春天极大热爱的体现，激动之情尽显无遗。

〔双调〕蟾宫曲·梦中作

郑光祖

半窗幽梦微茫①，歌罢钱塘②，赋罢高唐③。风入罗帏，爽入疏棂④，月照纱窗。缥缈见梨花淡妆，依稀闻兰麝余香。唤起思量，待不思量，怎不思量？

【注释】

①半窗：指窗光半明半暗。②歌罢钱塘：《春渚纪闻》载，宋人司马才仲于洛阳昼寝，一美人入梦而歌曰：『妾本钱塘江上住，花落花开，不管流年度。燕子衔将春色去，纱窗几阵黄梅雨。』此句指美人入梦。③高唐：宋玉《高唐赋》言楚襄王曾与巫山神女幽会，神女辞别时说自己『旦为朝云，暮为行雨』。④棂（líng）：窗户框。

【赏析】

此曲写作者回味梦境的一幕。梦境中与美人相会总是甜美的，但梦醒时总免不了有『巫山云雨』后淡淡的忧伤。清风徐徐吹入罗帷，月光静静照在纱窗上，梨花淡妆的美人还在眼前恍惚，她襟袖上的兰麝幽香还在空气中荡漾。虽然梦境已过，然而梦中的时时刻刻依旧牵动着作者的柔肠。回味梦中的快乐悲伤，真叫他『待不思量，怎不思量』。

〔仙吕〕寄生草·酒

范康

常醉后方何碍，不醉时有甚思？糟腌两个功名字①，醅淹千古兴亡事②，曲埋万丈虹霓志③。不达时皆笑屈原非④，但知音尽说陶潜是。

【注释】

①糟腌：用酒糟腌制。②醅（pēi）：未滤过的酒。③曲：酒母。④达：通达，显达。

【赏析】

作者是一个深得酒的好处的人。对于他来说，长醉不醒与世无碍，不醉的时候反而无所适从。有了酒他可以忘却功名二字，有了酒千古的兴亡事便与他无关，在酒里他可以放弃自己的万丈虹霓志。对于沉溺于酒的解释，作者这样说：不得志的时候大家都不会赞同屈原的做法，为守忠贞而负石投江。其实和我志同道合的人们都知道还有一条路可以走，那就是远离世俗樊笼，早早地如陶潜一样弃官归隐，醉情酒中。

〔仙吕〕寄生草·色

范康

花尚有重开日，人决无再少年。恰情欢春昼红妆面，正情浓夏日双飞燕，早情疏秋暮合欢扇①。武陵溪引入鬼门关②，楚阳台驾到森罗殿③。

【注释】

①合欢扇：即团扇。因为团扇为夏天所用，秋天就被收起，所以古人常用团扇喻失宠的女子。②武陵溪：晋陶渊明《桃花源记》中记述了武陵溪边的世外桃源，此处引来喻环境优美、无忧无虑的所在。③楚阳台：宋玉《高唐赋》中神女居处。森罗殿：阎王殿。

【赏析】

此曲论色。与前一篇的咏酒有所不同，对于色作者完全是持否定态度。曲的开头就引用『花有重开日，人无再少年』的俗谚来说明光阴珍贵有限。继而又用『春昼红妆面』，『夏日双飞燕』，『秋暮合欢扇』三组物象，描述了从『情欢』『情浓』直至『情疏』的完整过程，暗示人们不要沉溺于男女情爱，免得落一个身心俱伤。末两句以『武陵溪』『楚阳台』与『鬼门关』『森罗殿』对举，当头棒喝，疾呼贪色亡身，发人深省，让人过目不忘。

〔中吕〕喜春来·未遂

曾瑞

功名希望何时就？书剑飘零甚日休[1]！算来着甚可消愁[2]？除是酒。醉倚仲宣楼[3]。

【注释】

①甚：何。②着甚：用什么。③仲宣楼：王粲字仲宣，『建安七子』之一。他因避董卓之乱而南下襄阳投靠刘表，在襄阳十五年未被重用，曾作《登楼赋》抒发胸中愤懑之情。后人在襄阳城内东南角建『仲宣楼』以为纪念。

【赏析】

据《录鬼簿》记载，曾瑞『神采卓异』，『洒然如神仙中人』。还说他『志不屈物，故不愿仕』。然而这样的一个人也要发出『功名希望何时就？书剑飘零甚日休』的慨叹，可见『不愿仕』是假，无路求仕才是真。作者故而要以『未遂』为题抒发有志难伸之恨，要承袭酒可解忧之道以浇胸中块垒。想有元一代，此般情节何尝不是遍布于莘莘儒子之中！

〔南吕〕四块玉·酷吏

曾瑞

官况甜[1]，公途险[2]。虎豹重关整威严[3]，仇多恩少人皆厌。业贯盈[4]，横祸添，无处闪。

【注释】①官况甜：官运亨通。②公途：即仕途。③虎豹重关：喻指酷吏的官衙。④业贯盈：即恶贯满盈。业：罪孽。

【赏析】

酷吏们整天以苛刻为能，以严酷为公正，在大批的无辜之人枉受折磨杀戮的同时，他们却因此而加官晋爵、步步高升。殊不知仕途险恶，今天你的残酷凶狠正是明日『请君入瓮』的绝好教科，你今天的辜恩寡义正是自绝后路的最佳做法。等到恶贯满盈，横祸飞来，再想要躲避，恐怕是为时已晚。这首小令既是对酷吏们的指责和揭露，又是向他们提出的警诫和忠告，宛若当头棒喝，极具震慑力。

〔正宫〕叨叨令·自叹

周文质

筑墙的曾入高宗梦①，钓鱼的也应飞熊梦②。受贫的是个凄凉梦，做官的是个荣华梦。笑煞人也末哥③，笑煞人也末哥，梦中又说人间梦④。

【注释】①筑墙的：指殷代的傅说。据说高宗梦得圣人，于是派人四处寻访，发现了正在劳作的傅说。②钓鱼句：《史记·齐太公世家》载，『西伯将出猎，卜之曰：所获非龙非螭非虎非罴；所获霸王之辅。』后世讹传为周文王梦飞熊而得太公望。③笑煞：笑死人。也末哥：语尾助词，无义。④白居易《读禅经》中有『言下忘言一时了，梦中说梦两重虚』。

【赏析】

此曲以人生如梦为主题，先从历史上傅说、吕尚两位贤人因帝王之梦而得举用的传说讲起，写到普通人的『凄凉梦』『荣华梦』，最后归结到『梦中又说人间梦』，充分表达了作者愤世嫉俗、消极颓废的人生态度。而这种人生态度是建立在对历史、现实的清醒认识的基础上的。如不是帝王的偶然一梦，贤人就会老死江湖；凄凉、荣华，反映出的是现实的不平等。对于这些，作者只能以人生如梦自慰，笑看世象，连呼『笑煞人』『笑煞人』。

〔双调〕折桂令·过多景楼①

周文质

滔滔春水东流。天阔云休，树渺禽幽。山远横眉②，波平消雪③，月缺沉钩。桃蕊红妆渡口，梨花白点江头。何处离愁？人别层楼④，我宿孤舟。

【注释】

①多景楼：江苏古迹，在今镇江市北固山甘露寺内。②横眉：形容远处淡淡的山色。③消雪：形容江水粼粼。④层楼：高楼。

【赏析】

作者经过多景楼，山下江水滔滔，不尽东流。眼前的景色是开阔寂寥的，天阔云闲，山远波平，江树渺茫，不见飞鸟；只有江头渡口被红白相间的桃花、梨花装点得生机盎然、富有春意。作者问起何处有离愁，多景楼上人们正在送别，多景楼下是他漂泊的小舟。

〔双调〕蟾宫曲·题金山寺

赵禹圭

长江浩浩西来，水面云山，山上楼台。山水相连，楼台相映，天与安排。诗句成风烟动色，酒杯倾天地忘怀。醉眼睁开，遥望蓬莱①。一半儿云遮，一半儿烟霾。

【注释】

①蓬莱：传说中海上三仙山之一。

【赏析】

浩浩长江自西而来，水面上云气环抱群山，山上楼台矗立。山与水相连，楼与台相对，纵横错落，仿佛天公的精巧安排。吟一首诗，风与烟为之动容，举起酒杯邀饮天地，天和地也似纵情忘怀。待睁开蒙眬醉眼而遥看金山，分明仙山蓬莱，它一半儿被云遮盖，一半儿隐现在烟雾朦胧中。

〔正宫〕绿幺遍·自述

乔吉

不占龙头选①，不入名贤传。时时酒圣，处处诗禅。烟霞状元②，江湖醉仙。笑谈便是编修院③。留连，批风抹月四十年④。

【注释】

①龙头：状元的别称。②烟霞：指山水、自然。③编修院：即翰林院。④批风抹月：古代词曲多以风花雪月为题材，故称填词作曲为『批风抹月』。

【赏析】

生前，不去应科举的考选，死后，不愿进名贤的列传。时时纵情饮酒，处处吟诗悟禅。是寄情山水的状元，做浪迹江湖的醉仙！笑谈古今，赛过那编修院。无官无职，留连在山水间，批风抹月的四十年。

〔中吕〕惜芳春·秋望

乔吉

千山落叶岩岩瘦，百尺危阑寸寸愁①。有人独倚晚妆楼。楼外柳，眉叶不禁秋。

【注释】

①危阑：高楼上的栏杆。

【赏析】

秋天的萧瑟，秋天的清寒，秋天的思念，在这首曲中，它们在黄叶点点、瘦削俊朗的千岩之下，它们在凄清寥落、望尽天涯的高楼上，在女子惹人怜惜、终日含愁的黛眉边。这首小令语言不多，但意境却极好，秋之冷、思之浓真切可感；这也就是我们常常说的能够『不言而言』吧。

〔中吕〕满庭芳·渔父词

乔吉

携鱼换酒，鱼鲜可口，酒热扶头。盘中不是鲸鲵肉①，鲟鲊初熟②。太湖水光摇酒瓯，洞庭山影落鱼舟。归来后，一竿钓钩，不挂古今愁。

【注释】

①盘中不是鲸鲵（ní）肉：意思是说没有为朝廷做帮凶。鲸鲵：生活在水中的大型哺乳动物，雄的叫鲸，雌的叫鲵，古代文人习惯用来比喻叛逆人物。②鲟（xún）：鲟鱼。鲊（zhǎ）：一种用盐和红曲腌的鱼。

【赏析】

钓得鱼儿去换酒，鲜鱼味美多可口！热好美酒要畅饮，盘中不是鲸鲵肉，鲟鲊刚刚煮熟。太湖的水光摇荡着酒杯，洞庭湖的山影落入了渔舟。归来后，一竿钓钩放下，真是『不知有汉，无论魏晋』了。

〔中吕〕卖花声·悟世

乔吉

肝肠百炼炉间铁，富贵三更枕上蝶①，功名两字酒中蛇。尖风薄雪②，残杯冷炙③，掩青灯竹篱茅舍。

【注释】

①枕上蝶：化用庄生梦蝶典。②尖风：指刺骨的寒风。③冷炙：指已冷的菜肴。

【赏析】

在刺骨的风雪中回到家里，只有一些残羹冷炙聊以充饥；寒风透入茅屋，摇曳着带不来丝毫温暖的孤灯。我们仿佛能看见作者那瑟瑟发抖的身影，更能感受到他此刻凄苦的心情。他的肝肠如今已历经百炼，变得像炉间铁一般的柔韧；他对世事的感悟是『富贵三更枕上蝶，功名两字酒中蛇』。

〔中吕〕山坡羊·冬日写怀

乔吉

离家一月，闲居客舍，孟尝君不费黄齑社①。世情别，故交绝。床头金尽谁行借，今日又逢冬至节。酒，何处赊？梅，何处折？

【注释】

①孟尝君：战国四君子之一，以好客著称。此指代作者所投靠的人。黄齑（jī）：切碎了的咸菜。社：集聚，此指供养食客。

【赏析】

此曲为记述作者客游生活的作品。他离家一个月了，如今闲居在异地的客栈里，找不到入幕的地方，哪怕是只提供最微薄食禄的地方也没有。如此窘困之下，世情显得异常冷淡，故交们对自己是躲之不及，身上所带钱财也已经散尽，没有地方去借贷。眼下冬至节将至，潦倒已极的作者不由得发出了『酒，何处赊？梅，何处折』的慨叹。

〔双调〕水仙子·寻梅

乔吉

冬前冬后几村庄，溪北溪南两屦霜①，树头树底孤山上。冷风袭来何处香？忽相逢缟袂绡裳②。酒醒寒惊梦，笛凄春断肠，淡月昏黄。

【注释】

①屦（jù）：麻、葛等制成的鞋。②缟（gǎo）：细白的生绢。袂（mèi）：衣袖。绡（xiāo）：生丝

或以生丝织成的薄绸子。

【赏析】

孤山寻梅，历来是诗人墨客们所认为的雅事，酒后微醺的作者走过了几多村庄，寻遍了溪南溪北，细看了树头树底，都不曾看到梅花的踪影，却因为一阵冷风送来的清香找到了它。那一刻，它赫然出现在作者的面前，白如素缟，冰肌玉骨。就在它的身边，作者久久不肯离去，直到夜幕降临。仿佛隋人赵师雄梦遇梅仙后的惊慨，有若笛声催落梅花带来的凄凉，这时候，淡黄的月光洒将下来，又与梅影朦胧一片。

〔双调〕水仙子·咏雪

乔吉

冷无香柳絮扑将来，冻成片梨花拂不开，大灰泥漫了三千界。银棱了东大海①，探梅的心噤难捱②。面瓮儿里袁安舍③，盐堆儿里党尉宅④，粉缸儿里舞榭歌台。

【注释】

①棱（léng）：同『棱』。②噤（jìn）：寒颤，哆嗦。难捱：难以忍受。③袁安：东汉袁安曾客居洛阳，一年冬天，洛阳令冒雪去访他，他院子里的雪很深，洛阳令叫随从扫出一条路才进到袁安屋里，袁安当时正冻得蜷缩在床上发抖。洛阳令问：『你为什么不求亲戚帮助一下？』袁安说：『大家都没好日子过，大雪天我怎么好去打扰人家？』洛阳令佩服他的贤德，举他为孝廉。④党尉：指宋太尉党进，相传他一遇大雪便躲在府中饮酒作乐。

【赏析】

这是一首妙趣横生的咏雪曲。用『柳絮』『梨花』咏雪，无甚希奇，而用大灰泥来咏雪，却是很少见的。仔细品来，这漫抹天地的大灰泥不正是突现雪势之盛的最佳代言吗？这种贴近生活的比喻，貌似很俗，但却俗得幽默，俗得贴切，俗得极富情趣。同样，以『面瓮儿』『盐堆儿』『粉缸儿』来形容大雪的铺天盖地，也是从俗上来显示意境的。而这些，没有丰富的想象力，没有对于生活的深切热爱和体察，是很难做到的。

〔越调〕天净沙·即事

乔吉

莺莺燕燕春春，花花柳柳真真①，事事风风韵韵。娇娇嫩嫩，停停当当人人②。

【注释】

①真真：分明真切。②停停当当：指梳洗打扮完毕。

【赏析】

此曲描写春暖花开时燕飞莺啼、柳绿花红的明丽春景，以及那极具风韵、袅娜娉婷的佳人形象。此曲全篇使用叠字，颇具重叠复沓的音韵之美，将人之美与景之美交融在一起，互相映衬，颇有情致。

〔越调〕凭阑人·金陵道中

乔吉

瘦马驮诗天一涯，倦鸟呼愁村数家。扑头飞柳花，与人添鬓华①。

【注释】

①鬓华：指鬓发花白。

【赏析】

瘦马驮诗，浪迹天涯，是作者孤苦漂泊生活的真实写照。黄昏时分，飞倦了的鸟儿急匆匆地向自己的巢飞去，它们的叫声唤起了他不尽的乡愁。又是一年春来到，又是和煦春风，扑面柳花，然而这一切对于作者来讲，不过是意味着时光的飞逝，带来了新生的白发罢了。

〔仙吕〕醉中天

刘致

花木相思树，禽鸟折枝图①。水底双双比目鱼，岸上鸳鸯户。一步步金厢翠铺②。世间好处，休没寻思，典卖了西湖。

【注释】

①折枝图：弃根干而只画枝叶花果的绘画。②金厢翠铺：意谓好像用金子镶嵌和翠玉铺成的。厢：同『镶』。

【赏析】

花木丛中相思树红豆累累，梢头枝畔鸟儿婉转啼唱；水底比目鱼成对闲游，岸上千家万户生活甜美。还有鳞次栉比的青楼妓馆，参差错落的富户豪门。西湖之美，美在温柔旖旎；西湖之美，美在繁华富庶。曲尾冷出『休没寻思，典卖了西湖』一语，引用南宋时谚，意谓不要连想都不想，就把『人间天堂』拱手相送他人，讥刺之意，显而易见。

〔中吕〕朝天子·邸万户席上（节选）

刘致

柳营①，月明，听传过将军令。高楼鼓角戒严更②，卧护得边声静③。横槊吟情④，投壶歌兴⑤，有前人旧典型。战争，惯经，草木也知名姓⑥。

【注释】

①柳营：即细柳营，汉将周亚夫屯军的地方，驻军以军纪严明著称。②戒严更：指戒严的更鼓之声。③卧护：指不费力地守护。④横槊吟情：曹操下江陵大举攻吴时曾在船头横槊赋诗。⑤投壶：古时的一种游戏，投物入壶，以投中多少定输赢。⑥草木句：语本唐德宗对张万福说『朕以为江淮草木亦知卿姓名』。

【赏析】

邸万户是作者的好朋友，万户是元代三品世袭军职。曲中将邸万户统领的驻军比喻为汉名将周亚夫的细柳营，极赞他治军有方、号令严明，从容中已将边疆守护得万无一失。又将他比作横槊赋诗的曹操，赞他文武双全，颇具才情，虽是戎马生涯，但仍不失『投壶歌兴』的风雅。曲尾说他身经百战，屡立战功，连草木也知道他的威名，溢美之情至此贯穿全篇。

〔南吕〕四块玉·嘲乌衣巷

刘致

禄万钟，家千口。父子为官弟封侯，画堂不管铜壶漏①。休费心，休过求，跌破头。

【注释】

①壶漏：古代一种滴水计时的器具。

【赏析】

权贵们享受着优厚的俸禄，家中人丁兴旺，根系庞大。族内之人互相提携，占据着朝廷的要位高职，正是『父子为官弟封侯』。他们夜夜笙歌，沉迷于享乐之中，根本不去理会什么时光流逝、韶华似箭。只是物极必反，太过的心机，太过的贪求，最终使他们坠入万劫不复的深渊。『休费心，休过求，跌破头』是对后人的告诫，也是对王、谢豪门昔日『费心』『过求』但终于没落的嘲讽。

〔双调〕折桂令·再过村肆酒家 刘致

亸双丫十八鬟儿①，春日当垆②，袅袅腰肢。徙倚心招③，依稀眉语④，记得前时。探锦囊都无酒资，恨邮亭不售新诗。可惜胭脂⑤，转首空枝⑥。千里关山，一段相思。

【注释】

①亸（duǒ）：下垂。双丫：双鬟，古代未嫁女子的发式。②当垆：指卖酒。垆：古时酒店里安放酒瓮的土台子。③徙倚：流连不去。心招：用心招徕。④眉语：用眉目传意。⑤胭脂：喻女子。⑥转首空枝：喻人去店空。

【赏析】

茫茫人海中的一次萍水相逢，就能给自己留下难以磨灭的记忆，这样的经历在我们的生活中并不多见；

而此曲所讲的，正是作者一次这样的经历。他曾经路过某个酒肆，当垆卖酒的是一位袅娜多姿、腰肢纤细的少女。她的秀发随意地打成两个松垂的鬟，眉目间似有无限情意。当时作者身上无钱，难借买酒和她搭讪，又没想出什么好诗相赠，这次短暂的偶遇于是就这样匆匆结束了。时过境迁，如今又路过那家酒肆，那里已是人去店空，面对关山千里，他心头不禁泛起丝丝惆怅，对女子的追忆与思念，也随之分明了起来。

〔中吕〕山坡羊·与邸明谷孤山游饮

刘致

诗狂悲壮，杯深豪放，恍然醉眼千峰上。意悠扬，气轩昂，天风鹤背三千丈[1]，浮生大都空自忙[2]。功，也是谎；名，也是谎。

【注释】

①天风鹤背三千丈：意谓仿佛进入神仙境界。②浮生：《庄子·刻意》载，『其生若浮，其死若休』。以人生在世，虚浮不定，因称人生为『浮生』。

【赏析】

狂歌诗篇，举杯豪饮，醉眼蒙眬于千峰之上。作者意悠扬，气轩昂，恍若置身于仙境之中，慨叹人生虚浮不定，人们忙忙碌碌，到头来只是枉然。他否定功名，认为『功，也是谎；名，也是谎』。

〔双调〕寿阳曲

阿鲁威

千年调[1]，一旦空，惟有纸钱灰晚风吹送。尽蜀鹃血啼烟树中[2]，唤不回一场春梦。

【注释】

①千年调：长久之计，长远打算。②尽：任凭。蜀鹃血啼：相传古蜀望帝死后化为杜鹃，终日悲鸣不已，啼至血出方止。

【赏析】

此曲对那些为后代子孙营计的父辈们提出批评。在作者看来，一些人生前通过钻营而获得名利，并且还煞费苦心地为后代计划，想要在死前把子孙家族千年后的路都安排好，这些其实都是徒劳的，只会随着死后纸钱灰一同消散在风中。作者在这里用了望帝化杜鹃的典故，借望帝化鹃后日夜悲鸣终究是于事无补来告诉人们：人死后万事皆空，即使如杜鹃鸟般地呼唤，也唤不回那一场春梦。

〔双调〕湘妃怨　阿鲁威

夜来雨横与风狂，断送西园满地香。晓来蜂蝶空游荡，苦难寻红锦妆。问东君归计何忙①？尽叫得鹃声碎，却教人空断肠。漫劳动送客垂杨。

【注释】

①东君：传说中的司春之神。

【赏析】

此曲为伤春之作。一夜的风雨过后，早晨起来，花园中落红满地。蜂蝶们在园中徒然地飞来飞去，再也找不到昨日的似锦繁花。作者不禁怅然问道：『春天啊，你为什么如此着急地要回去呢？你的离开让杜鹃鸟『不如归去，不如归去』地叫个不停，让人为你空自悲伤啊。』看着随风舞动的杨柳，他又伤感地叹道：这杨柳本已是疲于应对太多送别的人们，你又何苦让它们再为你辛苦一番，折下长条送你远走啊！

〔双调〕蟾宫曲 阿鲁威

理征衣鞍马匆匆，又在关山，鹧鸪声中①。三叠阳关，一杯鲁酒②，逆旅新丰③。看五陵无树起风④，笑长安却误英雄。云树蒙蒙，春水东流，有似愁浓。

【注释】

①鹧鸪：鸟名，其叫声常被人用来形容旅途之苦。②鲁酒：春秋鲁国所酿的酒以味薄为其特色，此处指淡酒。③逆旅：客舍。新丰：在陕西临潼区东北。唐太宗时的名臣马周发迹之前曾路过新丰，投宿时店主只顾招呼来往的客人，而把他冷落在一旁。④五陵：在长安一带有西汉五个皇帝的陵墓，即高帝长陵、惠帝安陵、景帝阳陵、武帝茂陵、昭帝平陵。

【赏析】

又一次匆匆整理好鞍马征衣，于鹧鸪啼声中面对关山茫茫；又一次饮下送别之酒，于友人《阳关三叠》的歌声中踏上征程。奔波辗转如能同当年马周一样得到回报，最终出人头地本也是值得的，怕就怕劳苦多时却还是得不到一展抱负的机会，而作者，正在此类。『看五陵无树起风，笑长安却误英雄。』这一望一笑中，寄寓着他的无限感慨、惆怅，还有些许的自嘲，因为知人善任之君已经远去，时光如水兀自流逝，只有他徘徊在人生路上，看不清前路，看不到希望。

〔双调〕折桂令·席上偶谈蜀汉事，因赋短柱体

虞集

鸾舆三顾茅庐[1]，汉祚难扶[2]，日暮桑榆[3]。深渡南泸[4]，长驱西蜀，力拒东吴。美乎周瑜妙术，悲夫关羽云殂[5]。天数盈虚[6]，造物乘除[7]。问汝何如？早赋归欤。

【注释】

①鸾舆（yú）：天子的车驾。②汉祚（zuò）：指汉朝国运。③日暮桑榆：夕阳的余晖照在桑榆树梢上，比喻黄昏。此处是指汉朝国势已颓，气数已尽。④深渡句：指诸葛亮率军渡过泸水，平定蜀国南部少数民族动乱一事。⑤殂（cú）：死亡。⑥盈虚：满与空。⑦乘除：长消。

【赏析】

三顾茅庐请出孔明，无奈汉室气数已尽，如同日落桑榆。诸葛亮扶狂澜于即倒，五月渡泸，西和诸戎，力拒东吴。联兵抗曹大胜赤壁，周郎巧妙运筹功不可没，关羽大意失荆州，身首异处，怎不令人悲叹？天数有定，命运使然，谁又能改变什么？若问我应当如何，我劝君看破红尘，早些归隐。

〔中吕〕喜春来·泰定三年丙寅岁除夜玉山舟中赋

张雨

江梅的的依茅舍[1]，石濑溅溅漱玉沙[2]，瓦瓯篷底送年华[3]。问暮鸦，何处阿戎家[4]？

【注释】

①的的：鲜明的样子。②石濑（lài）：石上急流。③瓦瓯（ōu）篷底：指清苦的旅途生活。瓯：小盆。④阿戎：堂兄弟的别称。

【赏析】

暮色中，坐在船上，能够清晰看到江边茅屋旁盛开的梅花；江水在石上激起浪花朵朵，清澈的水底水流轻推着白色的细沙。这是除夕，作者却要在寒陋的船篷下除旧迎新，他满怀悲凉地问起暮鸦：不知家乡和亲人在距离我多么遥远的地方？

滚绣球［摘调］

邓熙

千家饭足可周①，百结衣不害羞②。问甚么破设设欹着皮肉，傲人间伯子公侯。闲遥遥唱些道情③，醉醺醺打个稽首④。抄化些剩汤残酒⑤，咱这愚鼓简子便是行头⑥。今朝有酒今朝醉，明日无钱明日求。

散诞无忧⑦。

【注释】

①周：周济。②百结衣：指遍打补丁的衣衫。③道情：为传道者宣传教义和募捐化缘时所唱的歌曲。

④稽首：道家致礼方式，叩头到地，停一会儿才起来。⑤抄化：指求人施舍财物。⑥愚鼓、简子：均为道家的法器，八仙中张果老所持便是。⑦散诞：悠闲自在。

【赏析】

这是一支从套数中摘出的曲调，描写的是一个看破世情、放浪不羁的道士形象。他身穿着百结衣四处游历，以乞讨为生。闲时唱些道情，闷了就讨些残酒来喝，奉行的人生原则是『今朝有酒今朝醉，明日无钱明日求》，全然不把王公贵族与人生哀乐放在心上。探求其精神实质，实际上是对现实的不满，因而以狂傲的举止来挑战等级森严的社会制度。

〔正宫〕塞鸿秋·凌歊台怀古

薛昂夫

凌歊台畔黄山铺①，是三千歌舞亡家处②。望夫山下乌江渡③，是八千子弟思乡去。江东日暮云，渭北春天树。青山太白坟如故④。

【注释】

①凌歊（xiāo）台：又名陵歊台，在安徽当涂城北五里的黄山上。始建于南朝宋武帝永初元年（420年），为皇家避暑行宫。②亡家：即无家。③望夫山：在当涂西北四十里。④太白坟：李白墓在当涂东南的青山之侧。

【赏析】

凌歊台、乌江渡、太白墓，这三处古迹相距不远，作者登上凌歊台怀古，于是把它们放在一起来吟咏。凌歊台曾经极尽繁华，但它的繁华却使成百上千的女子被迫离开了家园；项羽自刎在乌江渡口，跟随他起事的八千子弟兵也无人生还故乡。与凌歊台和乌江渡相比，李白之墓至今依旧是青山掩映，安然如故，他的诗歌也一代一代地为人们所传诵。曲文表达了作者对历史上风云际会却难逃败亡命运的帝王的漠视和对诗仙无限的追慕之情。

〔中吕〕朝天子　薛昂夫

沛公，大风[①]，也得文章用。却教猛士叹良弓[②]，多了游云梦。驾驭英雄，能擒能纵，无人出彀中[③]。后宫，外宗[④]，险把炎刘并[⑤]。

【注释】

①大风：汉高祖刘邦曾作《大风歌》，歌曰：『大风起兮云飞扬，威加海内兮归故乡，安得猛士兮守四方？』②叹良弓：刘邦以游云梦为名诱捕了韩信。韩信被捕后，长叹一声道：『果如人言：「狡兔死，走狗烹；飞鸟尽，良弓藏；敌国破，谋臣亡。」天下已定，我固当烹。』③彀（gòu）中：弩射程所及的范围，喻圈套、牢笼。④后宫、外宗：指吕后和诸多吕姓外戚。刘邦死后诸吕作乱，后为周勃、陈平等大臣平定。⑤炎刘：刘邦自称因火德而兴，故称炎刘。

【赏析】

此曲虽然在起首时对汉高祖刘邦慷慨作《大风歌》一事有所褒扬，然而纵观全篇，更多的则是对他玩弄权术、杀戮功臣的否定和批判；并且对他此种极端做法下造成的后宫外戚专权、险些断送刘氏江山的后果进行了辛辣讽刺。作者对历史人物的评价和领悟未必客观，然而在这种冷嘲热讽当中，正可见到作者『求真』的人格准则。

〔双调〕庆东原·西皋亭适兴　薛昂夫

兴为催租败[①]，欢因送酒来[②]。酒酣时诗兴依然在。黄花又开[③]，朱颜未衰[④]，正好忘怀。管甚有监州⑤，不可无螃蟹。

【注释】

①兴为句：宋僧惠洪《冷斋夜话》中记载，谢无逸曾问潘大临有无新作，潘大临回答：『昨日得「满城风雨近重阳」句，忽催租人至，遂败意，只一句奉寄。』②欢因句：晋陶渊明曾因重阳节无酒而久坐菊丛中，正值刺史王弘送酒至，他立即开坛畅饮，大醉而归。③黄花：菊花。④朱颜：红润的面容。⑤监州：官名，通判的别称。苏轼有『欲问君王乞符竹，但忧无蟹有监州』的诗句。

【赏析】

作者可谓穷困潦倒了，本来门外秋光正好，胸中兴致刚刚腾起，却有人前来催租，弄得他一时间意兴全无；所幸有朋友携酒前来探访，他才又重新高兴起来。与友人饮酒赋诗，酒能催诗兴，诗亦助酒兴；面对着盛放的菊花，想着自己正值壮年，确实是应该也有资本放情快活一享，他于是尽展胸怀，举杯畅饮。酒酣之时，他不由得想起苏轼『欲问君王乞符竹，但忧无蟹有监州』的诗句，不过觉得这样的句子不足以表达自己此刻的畅快，他要说：管它有没有监州呢，只要有螃蟹就一切都好！

〔南吕〕金字经·咏樵　吴弘道

这家村醪尽①，那家醅瓮开。卖了肩头一担柴。咳，酒钱怀内揣。葫芦在，大家提去来。

【注释】

①醪（láo）：浊酒。

【赏析】

把这家店的酒吃完后，又跑到那家去吃，樵夫卖了肩头的一担柴，便不再理会其他事情，只管招呼上左右朋友，开始了开怀畅饮的放情一享。作者摹写樵夫的动作情态，仿佛其声口，达到了惟妙惟肖的境界。没有真切的生活体验，难有此传神之笔。

〔双调〕拨不断·闲乐

吴弘道

泛浮槎[1]，寄生涯，长江万里秋风驾。稚子和烟煮嫩茶，老妻带月炰新鲊[2]。醉时闲话。

【注释】

①浮槎（chá）：指小木船。②炰（páo）：烹煮。鲊（zhǎ）：盐腌的鱼。

【赏析】

泛一叶小舟，驾秋风而闲游，将自己的生涯寄托给万里长江。幼子吹烟蒸煮嫩茶，老妻在月下烹制新鲊；酒足饭饱，作者带着醉意和家人说起家常闲话。

〔中吕〕普天乐·秋江忆别

赵善庆

晚天长，秋水苍。山腰落日，雁背斜阳。璧月词[1]，朱唇唱。犹记当年兰舟上，洒西风泪湿罗裳。钗分凤凰，杯斟鹦鹉[2]，人拆鸳鸯。

【注释】

①璧月词：南朝陈后主与宠姬们寻欢作乐时所作艳歌。此指华美的歌词。②鹦鹉：指用鹦鹉螺壳制作的酒杯。

【赏析】

此曲为忆别之作。作者因有感于秋日暮景之苍凉而追怀起自己从前的恋人，追怀起与她相知相爱、琴瑟合鸣的快乐往昔，追怀起西风中二人洒泪分别的情景。想起这些，他不由得惆怅满怀、黯然神伤。曲的末三句以鼎足对重新描述分别一刻：她将凤钗一折为二，两人各持一半；她将酒杯斟满，为自己敬酒祝福；二人从此便如被拆散了的鸳鸯，原本是天造地设的一对儿，却终成了天各一方。

〔双调〕水仙子·渡瓜洲

赵善庆

渚莲花脱锦衣收，风蓼青雕红穗秋[1]，堤柳绿减长条瘦。系行人来去愁，别离情今古悠悠。南徐城下[2]，西津渡口，北固山头[3]。

【注释】

①风蓼：风中的蓼蓝，蓼蓝为草名。②南徐：今江苏镇江一带，南朝刘宋时称南徐州。③北固山：在今江苏镇江。

【赏析】

秋天来到瓜洲渡口，举目所见，莲花脱下红衣，蓼草在秋风中变得凋零萎黄，堤岸上绿柳褪色，柳丝变得更加消瘦。渡口边南来北往的人们行色匆匆，柳丝千条，牵系着人们心头的点点离愁。在这南徐城下，北固山麓的西津渡口，凝聚着人间的离情别绪，今古悠悠。

〔越调〕凭阑人·春日怀古

赵善庆

铜雀台空锁暮云①，金谷园荒成路尘②。转头千载春，断肠几辈人。

【注释】

①铜雀台：在今河北临漳县，为曹操所建，是他享乐的场所。②金谷园：故址在今河南洛阳西，为晋豪富石崇所建，以奢华著称。

【赏析】

铜雀台的主人是曹操，金谷园的主人是石崇，这一台一园，象征着功名与富有。然而建功如曹操，富有如石崇，终究是历史长河中的一瞬，高台名园也逃不脱荒破的命运，留给后人的不过是凭吊时候的叹惋。

〔中吕〕山坡羊·燕子

赵善庆

来时春社①，去时秋社②，年年来去搬寒热。语喃喃，忙劫劫，春风堂上寻王谢，巷陌乌衣夕照斜。兴，多见些；亡，都尽说。

【注释】

①春社：古代立春后第五个戊日。②秋社：古代立秋后第五个戊日。

【赏析】

来的时候在春社前后，去的时候在秋社前后，因为寒热气候的变更，燕子年年来，年年去。它们时而呢喃低语，时而忙忙碌碌，寻找旧巢不到，便另择地方筑起新巢。乌衣巷沉浸在夕阳斜照中，往日的富户豪门已然成了寻常人家，燕子飞来，飞走，寻巢，筑巢，就这样饱览了兴亡。

〔双调〕水仙子·贺文卿觱篥①

马谦斋

薛阳霜夜楚江秋②，太乙西风莲叶舟③，贺郎近日都参透。占中原第一流，尽压绝前代箜篌④。起赤壁矶边恨⑤，感铜驼陌上愁⑥。名满皇州⑦。

【注释】

①觱（bì）篥（lì）：古代的一种管乐器，形似喇叭，奏声悲凄。②薛阳：即薛阳陶，唐时以觱篥的奏技名闻天下。③太乙：即终南山。④箜（kōng）篌（hóu）：古代弦乐器，像瑟而比较小，弦数从五根至二十五根不等。⑤起赤壁句：苏轼《前赤壁赋》记载了同游的客人发出的对于天地广大、人生短暂的慨叹，即此句中的『恨』。⑥铜驼：汉铸铜驼两座，原置洛阳宫门外。晋索靖有远量，知天下将乱，指铜驼叹曰：『会见汝在荆棘中耳！』⑦皇州：京城。

【赏析】

此曲是写给一位擅长吹奏觱篥的音乐家的。前半篇写贺郎得到前代觱篥演奏名家技艺的精髓，又能参透道家超逸洒脱精神的真谛，青出于蓝，自成一家。后半篇写他奏出乐曲的巨大感染力，悲凉凄哀的乐声令人起恨牵愁，直赞他名扬京城。

〔越调〕柳营曲·叹世 马谦斋

手自搓①，剑频磨，古来丈夫天下多。青镜摩挲②，白首蹉跎，失志困衡窝③。有声名谁识廉颇④，广才学不用萧何⑤。忙忙的逃海滨，急急的隐山阿。今日个，平地起风波。

【注释】

①搓：用手掌揉擦。②摩挲：用手轻按着抚摩。③衡窝：指简陋的房屋。④廉颇：战国时赵国的大将。⑤萧何：汉丞相，辅佐刘邦建立了西汉王朝。

【赏析】

摩拳擦掌，频磨剑锋，自古而来，胸怀抱负的男儿比比皆是；但到头来却落得抚摸铜镜，叹息白发如雪、岁月蹉跎，潦倒困顿在穷街陋室。有廉颇一般的威名却无人赏识，如萧何一样的博学却不得任用，天下莘莘的才士们啊，都争先恐后地逃往了海滨，归隐了山阿，只因为仕途险恶，每每平地上便掀起了风波。

〔双调〕水仙子·咏竹 马谦斋

贞姿不受雪霜侵，直节亭亭易见心①。渭川风雨清吟枕，花开时有凤寻②。文湖州是个知音③。春日临风醉，秋宵对月吟，舞闲阶碎影筛金。

【注释】

①直节：竹节。②凤：凤凰。《庄子·秋水》中说凤凰“非梧桐不栖，非练实（竹实）不食，非醴泉不饮”。③文湖州：宋代画家文同，擅长画竹。“胸有成竹”的典故就出在他身上。

【赏析】

作者这样歌颂竹子：你常年翠绿，不畏霜袭雪侵，竹节亭亭直立，易见你正直挺拔的精神。在那渭河的风雨之夜，我常常倚着枕头听你摇曳清吟，你开花结籽的时候，凤凰也飞来你的身边。大画家文同先生，是你亲密的知音。

春风吹来，你婆娑醉舞，秋霄高爽，你临月诵吟，我空空的台阶上，斑驳的是你枝叶间透过的月光，金波荡漾，明灭闪烁。

〔黄钟〕人月圆·客垂虹

张可久

三高祠下天如镜①，山色浸空濛。莼羹张翰②，渔舟范蠡③，茶灶龟蒙④。故人何在？前程那里？心事谁同？黄花庭院⑤，青灯夜雨，白发秋风。

【注释】

①三高祠：在江苏吴江，为祭祀范蠡、张翰、陆龟蒙而建的祠堂。②张翰：西晋文学家，他因见秋风起而思吴中的莼羹、鲈鱼脍，于是弃官还乡。③范蠡：春秋时楚人，曾辅助越王勾践灭掉了吴国，功成身退，泛舟五湖之上。④龟蒙：陆龟蒙晚唐文学家、诗人，他因嗜茶，曾在宜兴顾渚山下开辟茶园。⑤黄花庭院：

满植菊花的庭院。

【赏析】

张翰、范蠡、陆龟蒙，三者都是淡泊名利之人。作者面对后人为他们修建的祠堂而作文，感怀之思、追慕之情溢于言表，但也触动了他的伤心事。『古人何在？前程那里？心事谁同？』的感慨，寄出的是对于前途的迷惘，对于境遇的无奈，更是对于知音难求的悲伤。曲以三组影像收尾：『黄花庭院，青灯夜雨，白发秋风。』让我们感到的，是秋天的凄清，独自为客的凄冷和垂垂老矣的凄凉。

〔黄钟〕人月圆·山中书事

张可久

兴亡千古繁华梦，诗眼倦天涯。孔林乔木，吴宫蔓草，楚庙寒鸦。数间茅舍，藏书万卷，投老村家。山中何事？松花酿酒，春水煎茶。

【赏析】

人活一世，有机会成就霸业，有机会留名后世，但也可以选择优游闲适的生活。时光飞逝，圣贤如孔子者墓旁树木已拱，当日煊赫显耀如吴宫楚庙者如今只见荒芜。既然身后都是寥落下场，那么生前又何必或汲汲碌碌、或彪炳一时？不如于山野村家立起茅屋数间，储书万卷；观经读史，咏诗赏词，用松花酿酒，用春水烹茶，尽情享受自在安闲之乐。作者是这样想的，也是这样做的。

〔双调〕清江引·秋怀

张可久

西风信来家万里，问我归期未？雁啼红叶天，人醉黄花地，芭蕉雨声秋梦里。

【赏析】

此曲写秋日怀家之思，先讲出引起乡思的原由是因为家中来信，问自己何时能回去，而后并不正面作答，而是以『雁啼红叶天，人醉黄花地，芭蕉雨声秋梦里』的描写婉曲表达出乡思之深、乡愁之浓和欲归不能的苦楚。

〔中吕〕喜春来·金华客舍

张可久

落红小雨苍苔径，飞絮东风细柳营①。可怜客里过清明。不待听②，昨夜杜鹃声③。

【注释】

①细柳营：汉将周亚夫屯军的地方，驻军以军纪严明著称。此处是指排列有序的新柳。②不待听：不想听，懒得听。③杜鹃声：古人认为杜鹃啼声似『不如归去』。

【赏析】

地上落红点点，春天的蒙蒙细雨滋润着长满青苔的小径；在和煦东风吹拂的晴日里，飞絮片片，嫩柳依依。这是作者客居金华时欣赏到的春景。春天再好，可惜是在客中度过。昨天晚上杜鹃声声催归，触动了作者的乡思乡愁，让他不堪其听。

〔仙吕〕一半儿·落花

张可久

酒边红树碎珊瑚①，楼下名姬坠绿珠②，枝上翠阴啼鹧鸪③。谩嗟吁④，一半儿因风一半儿雨。

【注释】

①碎珊瑚：晋豪富石崇曾与国舅王恺斗富，王恺亮出了一株高约两尺的珊瑚树，世所罕见；谁知石崇抡起棒子把它砸碎了。随后叫家人把自己的珊瑚树都取来。石崇的珊瑚树高达三四尺的就有六七株，叫王恺随便挑一株作为赔偿。②绿珠：《晋书·石崇传》载，石崇的爱妾绿珠『美而艳，善吹笛』，被赵王司马伦的嬖臣孙秀看中，于是指索绿珠。在被石崇断然拒绝后，孙秀矫诏逮捕石崇。绿珠为报答石崇，当场自投于楼下而死。③鹧鸪：鸟名，其鸣声似『不如归去』。④嗟吁：叹息。

【赏析】

此曲写落花。首句写树上花谢欲落，用『碎珊瑚』形容花儿散落凋零貌；次句写花儿从枝上坠落，用『绿珠』典，寄寓了作者的惜花心情；第三句写枝头绿荫葱翠，鹧鸪凄鸣，呈现春去花尽的景象。作者惜花怜花却无可奈何，所以『谩嗟吁』，将花落春去的责任归咎风和雨。

〔中吕〕朝天子·闺情

张可久

与谁、画眉，猜破风流谜。铜驼巷里玉骢嘶①，夜半归来醉。小意收拾，怪胆禁持②，不知羞谁似你！自知、理亏，灯下和衣睡。

【注释】

①铜驼巷：为汉代洛阳的一条街巷，是少年贵族子弟经常游玩的地方。②禁持：指折腾纠缠不休。

【赏析】

此曲写一对青年夫妻生活中的一个片断：夜已深沉，少妇独守闺中，等待着丈夫的归来。她心下猜测，深夜不归，丈夫定是在和别的女人温存缠绵。正思忖间，巷子里马儿嘶鸣，不一会儿，丈夫便醉醺醺地从门外走进来。少妇见状，一边小心伺候、着意收拾，一边责怪丈夫明明跑去风流还要故作一本正经，嗔斥他『不知羞谁似你』。丈夫自知理亏，于是忍气吞声，倒头和衣而睡。

〔南吕〕四块玉·客中九日　张可久

落帽风，登高酒。人远天涯碧云秋，雨荒篱下黄花瘦。愁又愁，楼上楼，九月九。

【赏析】

此曲写作者于九九重阳日的客中情怀。重阳节本是亲人团聚的日子，然而作者独自在异乡作客，他望尽秋空，临风把酒，俯看黄花，心中为离愁所充斥。末三句将『九月九，楼上楼，愁又愁』的语序加以颠倒，音韵回环之美，更使曲中所表现的哀愁显得悠远深长。

〔中吕〕卖花声·怀古　张可久

美人自刎乌江岸，战火曾烧赤壁山，将军空老玉门关①。伤心秦汉，生民涂炭，读书人一声长叹。

【注释】

①将军句：《后汉书·班超传》中载，班超于迟暮之年上书皇帝说：『臣不敢望到酒泉郡，但愿生入玉门关。』

【赏析】

这是一首怀古之作，曲中提及的项羽兵败垓下、虞姬自刎，三国孙、刘联军大败曹军于赤壁，班超守卫边疆多年不得回归，看似并无甚关联，实则已将人间兴亡成败囊括其中，将逐鹿与守成之情形并举。旨在道出无论何种局面，饱受痛苦的总是广大生民，抒发出作者对此的深沉感慨和无奈之情。

〔中吕〕满庭芳·春晚

张可久

知音到此，舞雩点也①，修禊羲之②。海棠春已无多事，雨洗胭脂。谁感慨兰亭故纸？自沉吟桃扇新词。急管催银字③，哀弦玉指，忙过赏花时。

【注释】

①舞雩（yú）点也：孔子曾于雩台问弟子们的志向，曾点说：『我愿意在暮春三月，春天的衣服新做好的时候，和五六个成年人、六七个少年人一起，在沂水边洗完了澡，到雩台上去吹风，一路唱歌走回来。』孔子长叹一声说：『我和曾点一样。』②修禊（xì）：古代春秋两季在水边举行的清除不祥的祭事。羲之：王羲之。他的《兰亭集序》记述的就是他在兰亭参与的一次禊事。③银字：笛管指示音调的银色标记。

【赏析】

此曲也是一篇记述修禊盛会的作品，但文章的主旨却是与《兰亭集序》的吊古感今唱反调，所要表达的思想是人逢喜事佳时就应忘却一切，只求及时行乐。这样的思想虽然深沉不足，但潇洒旷达，让人能够感受到作者在节日中畅快的心情。

〔南吕〕金字经·采莲女

张可久

小玉移莲棹①，阿琼横玉箫，贪看荷花过断桥②。摇，柳枝学弄瓢。人争笑，翠丝抓凤翘③。

【注释】

①小玉：与后面的阿琼、柳枝都是人名，指代少女。莲棹：采莲的小船。②断桥：桥名，在杭州白堤上。③翠丝：翠绿的柳条。凤翘：女子佩戴的凤形簪饰。

【赏析】

小玉荡起莲舟，阿琼横吹玉箫，她们沉醉在荷塘的美景中，不知不觉已过了断桥。最有趣的是可爱的柳枝姑娘，她在船上摇摇晃晃地学习着弄瓢采莲的技巧，惹得岸边游人驻足欢笑；而拂摆的柳丝，又多情地牵住了她头上的凤翘。

〔双调〕落梅风·江上寄越中诸友

张可久

江村路，水墨图，不知名野花无数。离愁满怀难寄书，付残潮落红流去。

【赏析】

行舟江上，江边村舍疏落，小路盘桓，好似一幅淡雅的水墨画，无数不知名的野花点缀其间。作者离愁满怀，但难以和友人互通书信，因此将思念付与随残潮流走的落红，绸缪绵渺，悠悠不尽。

〔越调〕凭阑人·湖上 张可久

远水晴天明落霞，古岸渔村横钓槎。翠帘沽酒家，画桥吹柳花。

【赏析】

远水晴天，将落霞也映衬得格外明丽，古老的河岸上坐落着渔村，岸边缆系着钓渔船。那翠帘飘摆的屋舍是一处酒家，美丽的小桥离它不远，桥畔天空，无处不在的是轻扬的柳花。

〔双调〕落梅风·书所见 张可久

柳叶微风闹，荷花落日酣[1]，拂晴空远山云淡。

红妆女儿十二三，采莲归小舟轻缆[2]。

【注释】

①酣：喻浓盛貌。②缆：拴，系。

【赏析】

微风嬉闹着柳叶，荷花在夕阳的映照下更显红艳喜人，晴空万里，唯远山与淡云拂过天际。

一位打扮得非常美丽的十二三岁模样的少女采莲归来，将小舟轻轻缆在岸边。

〔双调〕水仙子·归兴

张可久

淡文章不到紫薇郎①，小根脚难登白玉堂②，远功名却怕黄茅瘴。老来也思故乡，想途中梦感魂伤。云莽莽冯公岭③，浪淘淘扬子江，水远山长。

【注释】

①紫薇郎：唐开元元年（713年），中书省改称紫薇省，中书令改称紫薇令，凡任职中书省的人，人们多以紫薇称之。此处泛指朝廷要职。②白玉堂：指翰林院。根脚：指家世。③冯公岭：在杭州灵隐寺西，又名石人岭。

【赏析】

知道凭借自己的清淡文章难以获得要职，也知道因为自己的家世和性情，沉抑下僚实属必然；想要辞官归乡，却担心难以忍受清苦的生活。只是随着一天天地年老，作者对故乡的思念越来越浓。

他梦到了归去家乡的路途，冯公岭，扬子江，山远水长，他便已黯然神伤。

〔中吕〕普天乐·秋怀

张可久

为谁忙？莫非命。西风驿马，落月书灯。青天蜀道难，红叶吴江冷。两字功名频看镜，不饶人白发星星。钓鱼子陵①，思莼季鹰②，笑我飘零。

【注释】

①子陵：指东汉隐士严子陵。他与东汉光武帝刘秀是故交，刘秀登帝位后多次召他出仕辅政，他皆不受命，甘居山林，以耕钓为乐。②季鹰：指西晋的张翰（字季鹰）。他见秋风起而思吴中的莼羹、鲈鱼脍，于是弃官还乡。

【赏析】

一生无所遇合，抱负无处施展的作者于秋日回顾了自己从前潜心苦读、四处求仕的辛劳岁月，感到无限惆怅。他知道，追求功名的心念可以不老，但岁数不饶人，看着镜中星星点点的白发，他凄凉而无奈。

继而想起功名近在咫尺却视而不见的严子陵，想起为了舒心地吃上一口家乡菜便抛弃了簪笏的张翰，不由得自感惭愧，因为命运并没有逼迫他一定要在功名路上奔波劳碌。他因而发出了曲首的感叹：为了谁这样奔波劳碌一生？且莫责怪命运。

〔越调〕小桃红·淮安道中①

张可久

一篙新水绿于蓝，柳岸渔灯暗。桥畔寻诗驻时暂。散晴岚②，依微半幅云烟淡③。杨花乱糁④，扁舟初缆，风景似江南。

【注释】

①淮安：今江苏淮安。②岚：山中雾气。③依微：隐隐约约。④糁（sǎn）：散落。

【赏析】

这首小令写赴淮安途中所见。『春来江水绿如蓝』，清晨启程，撑起长篙，柳岸上的渔火渐渐暗淡熄灭。作者时而停舟桥畔，寻觅新的诗意，时而远望初阳下山间岚气渐渐散去，剩下隐隐约约的淡淡云烟。将小舟系好上岸，身前身后杨花乱飞，这淮安春日的风景，美好有如江南。

〔双调〕水仙子·乐闲

张可久

铁衣披雪紫金关，彩笔题花白玉阑，渔舟棹月黄芦岸。几般儿君试拣，立功名只不如闲。李翰林身何在①，许将军血未干②。播高风千古严滩。

【注释】

①李翰林：李白曾在长安供奉翰林。②许将军：指许远，安史之乱时他死守睢阳，以身殉职。

【赏析】

此曲如同一道选择题，作者先摆出几种生活让读者选择：一是雄立于边关风雪之中，为国戍守疆土；一是在君王面前一展文采，博得恩宠；一是远离尘世喧嚣，渔舟月钓于黄芦岸边。而后提及以上不同生活的代表人物的结局：为国戍关如许远者战死沙场，血犹未干；以诗文求仕如李白者终遭远谪，溺死于归途；归隐富春山，以渔樵终老如严子陵者，其高风亮节广为世人传颂。如此带有感情色彩的比对，则作者所推崇的生活不言自明，本篇『乐闲』的主题也从而得以体现。

〔越调〕凭阑人·江夜

张可久

江水澄澄江月明，江上何人搊玉筝①？隔江和泪听，满江长叹声。

【注释】

①搊（chōu）：弹奏。

【赏析】

小令写月夜江上筝声的凄楚动人。然而曲中既未出现弹筝之人，也没有说所弹何曲，如何弹的。第一句写江景月色，营造出空明安静的氛围，第二句写听筝人最初的反应，这样动人的筝声是何人所弹？三、四句写江上江岸的听众的陶醉感动。

〔双调〕清江引·老王将军

张可久

纶巾紫髯风满把①，老向辕门下②。霜明宝剑花，尘暗银鞍帕③。江边草青闲战马。

【注释】

①纶（guān）巾：用青丝带做的头巾。髯（rán）：长须。②辕门：军营的门。③帕：这里指马鞍上的垫子。

【赏析】

『纶巾紫髯风满把』，虽然是对王将军老来形容的描述，但我们还是不难感受到他英武雄健的气概。只可惜廉颇老矣，老将军有心继续为国效力，无奈却被投闲置散，宝剑从此空映白发，银鞍从此堆积灰尘。

曲以『江边草青闲战马』作结，暗写老将军的现实处境，寄寓着作者对于英雄末路的同情和叹惋。

〔越调〕天净沙·江上

张可久

嗈嗈落雁平沙[1]，依依孤鹜残霞[2]。隔水疏林几家。小舟如画，渔歌唱入芦花。

【注释】

①嗈嗈（yōng）：象声词，形容鸟叫声。②依依：隐约不清。鹜：野鸭。

【赏析】

一行大雁齐鸣着落向水边平地，残霞中独飞的野鸭时隐时现，河对岸疏落林木依稀掩映着几户人家。小舟如同从画中驶来，渔歌嘹亮而悠扬，消失在茫茫芦花丛里。

〔商调〕秦楼月

张可久

寻芳屦[1]，出门便是西湖路。西湖路，傍花行到，旧题诗处。瑞芝峰下杨梅坞，看松未了催归去。催归去，吴山云暗，又商量雨。

【注释】

①寻芳屦（jù）：出游赏花所穿的鞋。

【赏析】

穿好赏花用的便鞋，打开宅门，门外正对的就是前往西湖的道路。作者傍花穿柳前往西湖，经过了几处往日题写下诗句的地方。行至瑞芝峰下的杨梅坞，作者驻足观松，但天公不作美，催他早早归去；吴山上空的云层阴暗下来，降雨正在酝酿之中。

〔中吕〕上小楼·隐居

任昱

荆棘满途，蓬莱闲住①。诸葛茅庐②，陶令松菊③，张翰莼鲈④。不顺俗，不妄图，清高风度。任年年落花飞絮。

【注释】

①蓬莱：指草庐。②诸葛：指诸葛亮。③陶令：指陶渊明，他曾任彭泽令。④张翰莼鲈：用西晋张翰见秋风起而思吴中的莼羹、鲈鱼脍典。

【赏析】

此曲抒发了作者对于艰险世道的慨叹，洋溢着对于隐居生活的满意心情，寄托着不趋时随俗，力求摒除妄图贪念，以清高风度自持的心志。既已归隐，时间就不再有什么意义，任四季更迭，都与他无关，真是自由到了极致。

〔中吕〕普天乐·花园改道院

任昱

锦江滨，红尘外。王孙去后①，仙子归来②。寒梅不改香，舞榭今何在？富贵浮云流光快，得清闲便是蓬莱③。门迎野客④，茶香石鼎，鹤守茅斋。

【注释】

①王孙：泛指贵族子孙。②仙子：指隐者。③蓬莱：蓬莱仙境。④野客：山野之人。

【赏析】

这锦江畔的道院原是富家的别墅花园，因为远离尘世，如今被改作了道院。富家子弟们不再到这里来游赏，高洁的隐者则因为此地静美的环境移家来住。

傲寒的梅花不改清香，但再高大的舞榭也难免荒没无闻的结局。隐者体悟到富贵如浮云一样虚幻无定、转瞬即逝，仙家的逍遥不过是清闲自适。他在这里与村夫野老相交游，以石鼎烹茶，用鹤守茅斋。

〔南吕〕金字经·秋宵宴坐

任昱

秋夜凉如水，天河白似银，风露清清湿簟纹①。论，半生名利奔。窥吟鬓②，江清月近人。

【注释】

①簟（diàn）：竹席。②吟鬓：诗人的鬓发。

【赏析】

此曲是作者于秋夜宴席上所作，写秋夜清凉爽净之景，叹息功名路上枉自奔波半生。『窥吟鬓，江清月近人』寓意在：直到鬓色改变，才体会到江月的亲切、喜人。意蕴深长，给人留以无穷回味。

〔正宫〕小梁州·春怀　任昱

落花无数满汀洲①，转眼春休。绿阴枝上杜鹃愁，空拖逗②，白了少年头。朝朝寒食笙歌奏，百年间有限风流。玳瑁筵③，葡萄酒，殷勤红袖，莫惜捧金瓯④。

【注释】

①汀（tīng）洲：水中小洲。②拖逗：惹得。③玳（dài）瑁（mào）筵：指精美的筵席。④金瓯（ōu）：指酒杯。

【赏析】

落花无数，遍布汀洲，转眼间春日将尽。绿树枝头杜鹃啼叫，好像在为春天的离去而发愁。对春天的眷恋，又使多少人『白了少年头』。作者由春天的转瞬即逝而想到人生短暂，纵有百年风流快活也终是有限，因此主张及时行乐，在美酒佳人的陪伴下尽情快活。

〔双调〕清江引·积雨　任昱

春来那曾晴半日，人散芳菲地。苔生翡翠衣，花滴胭脂泪。偏嫌锦鸠枝上啼①。

【注释】

①锦鸠：即鹁鸪。鸠鸪鸟因为能根据气候发出不同的叫声，所以民间有『鹁鸪拼命叫，雨儿打树梢』的说法。

【赏析】

春天到来以后，还没晴过半日。那万紫千红、繁华似锦的芳菲之地，缺少了往年成群结队游赏踏青的人们，可惜了连日雨水过后，翡翠一样的苔色，娇艳含露的花容。作者正暗自叹息，偏巧枝头上锦鸠又叫起来，让他感到一阵厌烦。很显然，作者无法阻止雨水的到来，所以将满怀的怨气转移到了能够预报天候的锦鸠身上。

〔中吕〕阳春曲·闺怨

徐再思

妾身悔作商人妇，妾命当逢薄幸夫①。别时只说到东吴，三载余，却得广州书。

【注释】

①薄幸夫：薄情的丈夫。

【赏析】

女子后悔做了商人的妻子，她不无怨恨地说自己命中就当嫁给这样薄幸的郎君。她的丈夫告别的时候只说要到东吴去做一笔生意，然而三年多过去了，她接到他自广州寄来的书信。

〔越调〕天净沙·题情

徐再思

多才惹多愁，多情便多忧，不重不轻证候①。甘心消受，谁叫你会风流。

【注释】

①证：通『症』。

【赏析】

此曲应说是作者对自己多愁多忧状况作的一个总结和分析，巧妙地道出了风流才子鲜为人知的内心感受。看来无论做什么事情，充当什么样的角色，都得付出相应的代价，作者做风流才子，不重不轻地也要承受许多情感上的纠葛和刺痛；只是他无怨无悔，他说：甘心消受，谁教你会风流。

〔双调〕沉醉东风·春情

徐再思

一自多才间阔①，几时盼得成合。今日个猛见他门前过。待唤着怕人瞧科②。我这里高唱当时水调歌，要识得声音是我。

【注释】

①多才：多才郎君。间阔：久别。②瞧科：瞧见。

【赏析】

一位少女猛然间看到阔别已久的恋人从门前走过，想要叫他，又怕被别人看见。她灵机一动，高声唱起从前两人都很喜欢的《水调歌头》，以唤起恋人的记忆，以让他循音而来，与自己再续前缘。

〔双调〕水仙子·夜雨 徐再思

一声梧叶一声秋，一点芭蕉一点愁，三更归梦三更后。落灯花，棋未收，叹新丰孤馆人留①。枕上十年事，江南二老忧，都到心头。

【注释】

①馆：客馆。

【赏析】

客馆孤灯，梧桐夜雨，梦断三更，作者的旅况可以说是够凄凉的了；然而凄凉之外，他更有许多忧愁。一则仕途蹭蹬，求仕十载却无甚收获；二则与父母相隔遥远，无法对二老尽孝；三则虽然愁苦满心，却并无知音可以倾诉。身处如此境地，作者的心情我们是不难体会的，他把本篇心情独白命名为『夜雨』，看来这一夜的雨，不是落在地上，应该说点点滴滴都落在了他的心里。

〔双调〕蟾宫曲·送沙宰 徐再思

宦游人过钱塘，江水汤汤①，山色苍苍。马首西风，鸡声残月，雁影斜阳。男子志周流四方，循吏心恪守三章②。岐麦林桑，渡虎驱蝗。人颂甘棠③，春满琴堂④。

【注释】

①汤（shāng）汤：水势浩大奔腾的样子。②循吏：秉公执法的官吏。三章：汉高祖刘邦进入咸阳后，与关中父老约法三章：『杀人者死，伤人及盗抵罪。』此指法律。③甘棠：《诗经》篇名，为称颂召公政

绩而作。④琴堂：县衙的美称。

【赏析】

友人外出为官，作者写此曲送别。江山一派苍茫，作者想象友人一路辛苦奔波：西风中行马，鸡鸣时启程，夕阳里遥看雁阵归影。他临别赠言道：好男儿志在四方，愿你清明廉正，恪尽职守，鼓励农桑，铲除邪恶；为人所称颂，庇佑那水土一方。

〔双调〕殿前欢·观音山眠松

徐再思

老苍龙，避乖高卧此山中①。岁寒心不肯为梁栋②，翠蜿蜒俯仰相从。秦皇旧日封，靖节何年种③，丁固当时梦④？半溪明月，一枕清风。

【注释】

①乖：背离，抵触。②岁寒心：《论语·子罕》载，『岁寒然后知松柏之后凋』。③靖节：东晋诗人陶渊明的谥号。④丁固：三国时吴人，曾梦松树生其腹上。他对人说：『松树十八公也，后十八岁，吾其为公乎！』后果然位至三公。

【赏析】

观音山上有一株奇松，因为它枝干虬曲，形同卧态，所以世人称它为『眠松』。

眠松虽然具有松树凌霜耐寒的本性，但是它却没有长成像其他松树一样的栋梁之材，它独自高卧山中，只有缠绕在松身上的藤蔓俯仰相从。

作者坚定地认为，眠松拥有着不同寻常的身世，他为眠松执意世外，与清风明月做伴的潇洒脱俗而赞叹不已。

〔双调〕蟾宫曲·山中乐　孙周卿

草团标正对山凹[1]，山竹炊粳[2]，山水煎茶。山芋山薯，山葱山韭，山果山花。山溜响冰敲月牙[3]，扫山云惊散林鸦。山色元佳，山景堪夸。山外晴霞，山下人家。

【注释】

①草团标：圆形茅屋。②粳（jīng）：稻。③山溜：山中溪水。

【赏析】

用山竹烧饭、山水煎茶，一定别有一番风味；山上的蔬果野味也都鲜香可口。而更令人愉快的是山中的风景：泉水叮咚，好似冰敲月牙，风吹云散，惊飞了聚集的林鸦。山色美好，山景堪夸；俯看山下，霞光明朗，照亮了村落人家。

〔双调〕水仙子·舟中　孙周卿

孤舟夜泊洞庭边，灯火青荧对客船，朔风吹老梅花片。推开篷雪满天，诗豪与风雪争先。雪片与风鏖战，诗和雪缴缠[1]，一笑琅然。

【注释】

①缴缠：纠缠。

【赏析】

洞庭雪日，孤舟夜泊，青灯渔火。坐在舱内但见有梅花片片吹入，而后落地无痕；推开舱门才发现原来大雪纷飞，一时间迷漫了天地。见此等景象，作者不由得意兴遄飞，诗情纵横，他于是傲立船头迎风斗雪、放声长笑、痛快吟诗，让自己的一腔豪情尽情舒展在这漫天风雪之中。

〔越调〕黄蔷薇过庆元贞·御水流红叶

顾德润

〔黄蔷薇〕步秋香径晚，怨翠阁衾寒①。笑把霜枫叶拣，写罢衷情兴懒。〔庆元贞〕几年月冷倚阑干，半生花落盼天颜，九重云锁隔巫山。休看作等闲，好去到人间。

【注释】

①衾（qīn）：被子。

【赏析】

此曲以宫女的身份讲述了『红叶题诗』的缘由和此中情愫。在这首曲中，我们不但感受宫女生活的寂落和百无聊赖，了解她不得恩宠，以至红颜空老的不幸，还能读出她们对于宫墙外的生活是抱着何等地憧憬与期待。要不然，这位在红叶题诗的宫女怎么会在曲尾很认真地对你说：可不要等闲看待我放在流水里的这片红叶，那上面寄托着我想要回到人间的深深祝愿。

〔双调〕清江引　曹德

长门柳丝千万缕①，总是伤心树。行人折嫩条，燕子衔轻絮，都不由凤城春做主②。

【注释】

①长门：汉宫名。汉武帝时，陈皇后失宠，别居长门宫。②凤城：京城。

【赏析】

曲首写到的『总是伤心树』的『长门柳』，不言而喻，是指代命运悲惨的皇后，而写柳树的附属诸如『嫩条』『轻絮』如今被衔折，是比喻外戚横遭杀戮一事，曲尾写『都不由凤城春做主』，则在暗示当今天子的暗弱。

〔越调〕黄蔷薇过庆元贞　高克礼

〔黄蔷薇〕燕燕别无甚孝顺①，哥哥行在意殷勤。玉纳子藤箱儿问肯②，便待要锦帐罗帏就亲。

〔庆元贞〕唬得我惊急列蓦出卧房门③。他措支刺扯住我皂腰裙④，我软兀刺好话儿倒温存⑤。一来怕夫人情性哏⑥，二来怕误妾百年身。

【注释】

①孝顺：此作侍候解。②玉纳子：玉制的小卡头。③惊急列：口语，惊慌。蓦出：冲出。④措支刺：口语，慌忙。⑤软兀刺：口语，软绵绵。⑥哏：同『狠』。

【赏析】

这首曲子由关汉卿的杂剧《诈妮子调风月》中小千户企图诱奸婢女燕燕这一剧情改编而成。小千户趁婢女燕燕空闲之际向其大献殷勤，还拿出一些小玩意儿来引逗她，诱其就范。眼看自己清洁之身即将不保，燕燕急中生智，她一方面挣脱小千户的纠缠，一方面婉言相劝：『一来是怕夫人的性情狠凶，二来是怕您一时的冲动耽误了我的一生。』

〔中吕〕普天乐·春日多雪

王仲元

无一日惠风和，常四野彤云布①。那里肯妆金点翠，只待要进玉筛珠②。这其间湖景阴，恰便似江天暮。冷清清孤山路，六桥迷雪压模糊。瞥见游春杜甫，只疑是寻梅浩然③，莫不是相访林逋④。

【注释】

①彤云：指下雪前密布的阴云。②进玉筛珠：指下雪。③浩然：孟浩然。他曾于雪日骑驴过灞桥，踏雪寻梅。④林逋：宋代隐士，隐居西湖孤山，以种梅养鹤自娱，人谓他『梅妻鹤子』。

【赏析】

日本作家井上靖的《春将至》中说：『实际上，春天总是姗姗来迟，寒冬依然漫长，然而，千真万确，春天正在一步步走近，只是很难看到它会加快步子罢了。』这与此曲中的『那里肯妆金点翠，只待要进玉筛珠』颇有些相同的意味。时令已属春天，但是天空中彤云密布，时而就要飘起雪花来。不过即便是在这样这样一个多雪少晴的春天，作者还是能从中发现独特的意趣……

〔双调〕江儿水·妇人脸上笑靥

王仲元

一团儿可人衠是娇①，装点如花貌。抬叠起脸上秋，出落腮边俏。千金这窠里消费了。

【注释】

①衠（zhūn）是：尽是。

【赏析】

笑靥，就是酒窝。本已是如花似玉的容貌，再加上两个甜美可人的酒窝，就如同一幅灰色调的精致风景画一下被点亮了颜色，更加俏丽、明媚、喜气盈盈。作者结合自己的感受说，她的笑靥一露，便让人将千金在神醉魂迷中消费了。

〔仙吕〕后庭花·怀古

吕止庵

孤身万里游，寸心千古愁。霜落吴江冷①，云高楚甸秋②。认归舟，风帆无数，斜阳独倚楼。

【注释】

①吴江：江苏省东南部。②甸：郊外。

【赏析】

此曲为怀古之作，虽然没有提及具体感怀的内容而只是抒发心中凄怆感受，但字字句句皆有出处，经过作者妙手组合翻新，浑然一体，表达出一种悠远深邃的身世之感，使绵延千古的乡思客愁尽寓于此短短几语之中。

〔仙吕〕后庭花·秋思

吕止庵

西风黄叶疏，一年音信无。要见除非梦，梦回总是虚。梦虽虚，犹兀自暂时相聚①，近新来和梦无。

【注释】

①兀自：还能够。

【赏析】

此曲写闺中秋思。西风将树上的黄叶吹得稀稀疏疏，转眼已经一年了，然而却没有远人的音信。想要见到他除非在梦里，虽然梦是虚幻的，但总算能有暂时的相聚。只是近一段时间以来，短暂的梦中相会也不可得了。